Gaea

GAEA

# 異世遊

莫仁——著

BETWEEN

兩個世界·TWO WORLDS

2

# 異世遊 2 目錄

# 異世遊

## 天下武功不是出少林嗎？

天啊，兩千……兩千多少？要自己學這功夫？那不是累慘了？鄧山忍不住說：「有沒有招式少……少一點的？」

「沒有。」朱老先生瞪了他一眼，才說：「你既然身屬海連，也不會有什麼世家願意收你爲徒，除了這套功夫，也沒別的選擇；而且這套功夫與各世家皆無牽扯，要是你們組織保密工作好一點，別人也找不出你的根柢，也省得被人唾棄。」

「這套功夫既然沒人會，怎麼會流傳下來的？」鄧山好奇地問：「而且名稱也很特殊，花靈……和金靈有關係嗎？」

「花靈，是一種住在西荒之外的生物，和金靈不同。」朱老先生說：「聽說七百多年前，有少部分花靈越過蠻荒，和我們人類有了接觸，其中有個花靈中的天才，參考人類的內氣武技，創出了這套功夫，想教給人類……但觸怒了神國統治者，於是使用內氣者，無論是花靈還是人類，當時都被驅逐離開人類的世界，趕去極西蠻荒之境。」

「怎會這樣？」鄧山說：「王邦不就是用內氣的嗎？」

朱老先生自顧自地說：「又過了一百年，修練內氣的人類繁衍增加，終於從花靈之處重回人類土地，各家族分建據點爲城，各城王並聯合組成王邦，合力抵禦神國，兩方交戰多年，最後才約定停戰，一直到今天……而花靈棍法也成爲一種傳說中的武技。」

「哎呀呀。」金大忍不住叫：「大眼兒好些地方說得不大對，以後我有空再跟你說正確的歷史，當初建國我可也是出了不少力。」

「你會有那個耐性才怪。」鄧山在心中哼了一聲，金大每次說到一半就懶得說清楚。

「這也是……」金大倒也知道自己的缺點。

「花靈那生物……」鄧山想了想，問朱老先生說：「和人類長得一樣嗎？否則怎麼會創出人類可以用的招式？」

「這我就不清楚了。」朱老先生搖頭說：「建國之後，就沒人見過花靈，這麼多年過去，誰也不知道了……這套功夫，當初……有人花了極大心力弄到手，暫時交給我保管，後來……唉，總之，現在借給你學，離開前能學多少算多少……另外，你記住，不可告訴他人這套棍法的名字，否則就是替自己找麻煩。」

看來是推拒不得了……鄧山無可奈何，只好對朱老先生行禮說：「感謝朱老師。」

鄧山剛想到這裡，腦海中金大大叫聲傳來：「你居然想推拒？當初他多辛苦才弄到的！當然要學！」

「可是棍法……太不帥了吧？」鄧山對金大抱怨：「劍或刀不是好看多了？」

「棍法比刀劍更適合『較技比賽』。」金大說：「容易拿捏分寸，不易傷人，你不是一直討厭打傷人？」

「這倒是個好處……」鄧山轉念又想：「其實你學不就好了？我讓你控制，然後自己發呆，不是一樣可以？」想到這兒，鄧山有點得意，以為逃脫了兩千多個變化的壓力。

「應付比較差的對手當然可以……」金大沉吟說：「但是你如果也清楚招式變化，因為不是我拖著你動，你能配合身體動作，這樣出招就會快上一些……應付高手的時候，這一些些就差很多。」

「唔……就是要我學就對了。」鄧山無奈地想。

「我會派一間大房間給你，你在裡面練棍，不要讓別人看到了。」朱老先生不知道鄧山和金大在心中討價還價，自顧自地說：「金靈部分你需要學的反而不多，練累了下來大廳，我們再研究一下還有什麼需要補充的，我幾乎整天都在大廳冥想，一面教那些小朋友。」

「是。」鄧山說。

「至於內氣部分……」朱老先生說：「你的內氣狀態十分古怪，我也沒什麼好辦法，只好讓你自己這樣摸索，看你日後有沒有其他機緣了；走吧，我找人帶你去房間。」

朱老先生剛領鄧山出門，前方樓梯走上一個面貌平凡的僕役，躬身說：「門外有位小娟小姐，請見鄧山先生。」跟著他一攤手，掌心上倏然浮現那位美女小娟站在門口的立體影像。

朱老先生皺眉望向鄧山說：「有訪客是沒關係……但是自己要節制，別干擾到你的修練。」

「不……」鄧山尷尬地說：「那位我不認識，她在旅館大廳跟我碰……接觸了一下，怎會找到這兒來？」

「喔，那個動作之後，短時間可以獲得你的去向。」朱老先生哂然搖頭說：「看你要不要見她，你知道人造人系統的事情嗎？」

「我那位同伴有大概解釋過。」鄧山說。

「那就好，你自己決定吧……剛來的人很容易因爲美女而心動，但因爲人造人的關係，這兒其實到處都是美女，你看久了慢慢就沒感覺了。」朱老先生說罷，轉身離開。

而那名僕人還守在一旁，等鄧山決定，鄧山心想，雖然自己不可能和那人造人做些什麼，但是就這麼讓對方吃閉門羹也不大妥當。想了想，鄧山對僕役說：「請帶我出去，我在門口和她碰面。」

「哦？是。」僕役似乎有點意外，但仍不多表示意見，順從地領著鄧山往外走。

鄧山走出門口，和那自稱小娟的女子一碰面，僕役就很識趣地退開。小娟看見鄧山，臉上綻放出甜美的笑容，輕跳兩步接近，帶著點羞笑說：「對不起，跑到這兒找你。」

「沒關係。」鄧山微笑說：「有什麼事嗎？」眞看不出這是假人，鄧山望著對方，心中頗有幾分感嘆，這樣的世界其實也不錯，這麼一來，人和人的交往就只看談吐和內在了。

「可以找個說話的地方嗎？」小娟四面望望，有點爲難地說：「這兒感覺不大適合談心。」

鄧山說：「其實還好，我想問問妳，怎會想特別找我交朋友？因爲我是眞人嗎？」

「因爲眞人很少見呀，而且你又像第一次來的感覺……這樣的話，你應該會很喜歡我吧？你不是說我很美嗎？」小娟睜著大眼，看似天眞地說。

「是啊。」鄧山苦笑說：「但是後來我知道你們大多是人造人之後，心裡面感覺很奇怪。」

「喔……」小娟低下頭說：「我不知道會這樣……那你不想和我交朋友嗎？」

這樣說好像又太極端了，鄧山苦笑回答：「也不是，只是我是來學習的，沒什麼時間。」

「我只是希望有人很疼愛我而已。」小娟有點黯然地低下頭說：「你眞的沒時間喔？」

「對不起。」鄧山嘆口氣說：「我怕我眞的沒時間，否則我也很希望能認識妳。」

「好吧。」小娟突然抬起頭，帶笑白了鄧山一眼說：「有機會再見囉。」說完轉身離開。

還……還眞爽快啊。她剛那泫然欲泣的模樣是假裝的嗎？鄧山抓抓頭，正想轉頭回大宅，突然身後又傳來一聲：「欸！」

鄧山一愣轉頭，卻是小娟又回頭了，她帶著點調皮的神色跑來說：「我問你唷，你來這兒學什麼呀？這兒的朱老爺爺不是專教金靈控制嗎？」

鄧山意外地說：「妳怎麼知道？」

「不告訴你。」小娟掩嘴笑說：「我問你，你怎會這麼老了才來學？」

「因爲我這麼老了才和金靈合體。」鄧山老實說。

「眞的呀？」小娟搖頭說：「那你會比較辛苦，小孩子本性純眞，比較容易體會金靈。」

這話就不大像她這種少女外表口中該說出來的話了，鄧山愣愣地望著小娟，忘了回答。小娟卻噗嗤一笑，吐吐舌頭說：「糟糕，說錯話了。」

「妳……」鄧山說：「實際上……不是小女生吧？」

「這是秘──密！」小娟咯咯笑了兩聲說：「你來自南谷，又跑來這兒學金靈控制，你家是新豪門之類的嗎？」

「不……不是。」鄧山尷尬地搖頭。

「這有什麼不好意思的？」小娟說：「金靈貴得很呢，除非長輩傳下，一般人家可買不起。你既然千里迢迢跑來這兒學，代表家裡面沒長輩會使用，豈不是新崛起的有錢人？」

鄧山一呆說：「可是裡面還有很多王邦世家的小孩，也送來這兒啊。」

「那是想多學一手朱世家控制金靈的功夫。」小娟皺皺鼻子，笑說：「回家還會學另外一套的……要不然就是易子而教那一套，認爲朱老爺爺會管比較嚴，其實他一點都不嚴。」說到最後，小娟噗嗤一聲笑了出來。

聽起來，小娟也來這兒學過金靈控制？鄧山呆了呆，嘆口氣說：「其實我是被別人送來的……總之，我不是什麼新豪門。」

小娟看鄧山似乎不像說謊，皺皺眉頭想了想，眨眨眼，收起笑容說：「我是有聽到一個消息……不會剛好是你吧……那女人感覺是有點像……」

「什麼？」鄧山聽不懂小娟說的話。

「可是你像是好人呀！」小娟輕拍了拍鄧山的胸膛說：「眞怪。」

「我……我是好人啊。」鄧山忙說。

小娟莞爾地笑了笑，搖頭說：「不逗你了，給你我的通訊碼吧，以後有什麼事情可以找我幫忙。」

「那是什麼？」鄧山不懂。

「嘖，連通訊碼都不知道。」小娟說：「那你也沒有通訊機囉？」

「沒有。」鄧山說。

「這就難怪了……八成是從鄉下被騙來的。好吧！」小娟搖搖頭，從一旁掛著的小提包中，取出一張小紙片和一支筆，在上面寫了一串數字，交給鄧山說：「沒想到得用這麼原始的方法留資料。」

鄧山看過去，只見一排十幾個數字……這大概是類似手機號碼的東西？鄧山正想問，小娟已經接著說：「等你有了通訊機，輸入這個號碼，就可以連結找到我。在奔雷城有些小麻煩的話，我大概還可以幫得上。」

聽起來口氣不小。鄧山訝然說：「妳是……」

「還是叫我小娟就好。」小娟一拍額頭說：「哎呀，忘了問你怎麼稱呼。」

「我……我叫鄧山。」鄧山愣愣地說。

「傻瓜。」小娟捏住鄧山左手，一面不安分地輕揉，一面說：「我碰你這一下，就知道你的基本資料了啦，我是問你喜歡別人怎麼叫你。」

雖然知道對方是人造人，但是那滑嫩的手指這般摸上來，還是讓鄧山有些臉紅，他尷尬地說：「叫我……鄧山就好。」

「好吧。」小娟呵呵一笑，轉身說：「如果不想隨便被人找到，以後別讓人輕易碰你的戒指喔。」話聲一落，她彈身而起，幾個縱躍就轉過巷口，消失蹤影。

這是怎麼回事？鄧山有點發愣，自己還沒問她什麼叫作「被騙來的」……莫非……她是說海連組織的事情嗎？消息會傳這麼快？

走回大宅，門自動關上，那長相平凡的僕役又冒了出來，對鄧山微微施禮說：「我領鄧先生到主人安排的房間。」

鄧山微微一愣說：「謝謝你，辛苦了。」

「不會。」那僕役停了一下，笑說：「我們一共有六個人負責這兒的雜務，因爲主人只選用一種造型，所以不容易分辨。」

原來如此。鄧山不敢再亂開口，隨著僕役到朱老先生安排的房間。

一路爬上了兩層樓梯，原來這房間在三樓一角。僕役打開房門，對鄧山說：「鄧先生的衣物，我們已經送進去了；另外，主人特別吩咐，您的三餐我們會派人送來。」

「謝謝。」鄧山目光一轉，吃了一驚，這房間可還眞不小，寬約十公尺，長近十五公尺，幾乎是整棟房子的三分之一，走進去，鄧山訝然說：「我住這麼大房間幹嘛？」

「這是主人安排的。」僕役似乎也不明白，他接著說：「現在只安置了一張床和一套桌椅，主人說，其他的家具再看您的吩咐。」

「好的，謝謝。」鄧山又道了一次謝，僕役回了個禮，轉身帶上門離開。

「大房間好，練棍法空間要大。」金大突然出聲。

棍法？鄧山嘆口氣說：「兩千多種變化耶，我怎麼可能記得住；而且我什麼功夫都沒練過，眞不知道你怎麼想的。」

「有我幫忙啦！」金大說：「放心放心。」

老實說，對於金大，鄧山可眞有點越來越不放心……

「什麼！」金大抗議地說：「居然對我沒信心？枉費我對你這麼好。」

鄧山忍笑說：「你不就忘了教我怎麼吸納內氣？」

「這個……」金大說：「總是難免嘛……其實很簡單的，金靈不是能感受外界能量嗎？不過，你這次要把內氣與心神都散出，然後感應著體外的能量，再想像引那些能量入體……我一面做，你一面感覺。」

「嗯。」鄧山與金大心神契合，感應著他的每一個動作，點頭說：「原來是這樣……」

「有沒有注意到，外面的能量和你體內的內氣不同？」金大問。

鄧山倒沒注意到這點，訝異地說：「有嗎？」

「瀰漫在外面的是神能。」金大說：「金靈有自動轉換能量的特性，會將神能轉換成適合你的能量，注入你體內，也因為最外層還是神能，可以保護你的內氣不被神能破壞。」

「和你剛說的不能用手，要用器械攻擊有關嗎？」鄧山突然想起剛剛問一半的問題。

「對，因為金靈層很薄，金靈感受到帶內氣的器械攻擊，會自動避開。」金大說：「這麼一來，肉體就直接曝露在神能下囉！護體內氣會被神能壓抑，武器帶來的力量就能透入，就會受傷，較技比賽限制內氣量輸出，就是避免在比賽的過程中打傷對方。」

「唔……」鄧山想了想說：「這麼說來，就算內氣遠不如對方，只要招式夠強，就也有機會打贏？那我何必練內氣？雖然練起來，人也感覺很舒服就是了。」

「內氣也要有一定的程度啦。」金大嚷：「否則你的視力、感應力、速度追不上對方，那怎麼施展招式？」

「嗯。」鄧山點頭說：「原來如此。」

「還有。」金大又說：「內氣不如對方的話，也不能和對方武器接觸，力與力碰，功強者勝。」

「那……」鄧山突然說：「我們那個世界呢？沒有神能不是？」

「對喔。」金大好像沒想過這問題，他呆了片刻才說：「這樣的話，應該可以用內氣護體吧……不過我也不知道，下次回去試試好了！」

「拿我試驗嗎？」鄧山搖頭說：「還是不要了，剛剛吸納內氣的地方還沒說完。」

「對，差點忘了。」金大嘿嘿笑了兩聲之後才說：「你內氣越強，能感應吸納的範圍就會越大；相對也會越快耗散，所以不要等內氣用光光才補，一面用一面補充，效率最高。」

「喔。」鄧山點頭說：「你早這樣一步步教我的話，我會的東西可能已經很多了。」

「什麼？」金大抗議說：「是你自己一直不怎麼想學吧？」

「這……好像也是。」鄧山說：「可是我覺得你也有點嫌麻煩。」

「什麼！我現在馬上教你一套我覺得不錯的拳法，不對……還是掌法？還是指法？其實都有耶，不管了。」金大說：「全身放鬆。」

「等等。」鄧山說：「我還有個問題。」

「什麼？」金大問。

「你以前的共生者，和朱老先生是什麼關係？」鄧山說。

「大眼兒啊？」金大說：「我最後一個共生者是他族兄，就是不同父母的同輩大哥，所以他們歲數差很多。」

「啊？」鄧山說：「你以前合體的都是朱世家的人？」

「對啊，其中第一個是創立大日城的第一代家主，第四個是第六代家主。」金大說。

「聽起來……好像都是些大人物哩。」鄧山吐吐舌頭。

「對啊。」金大頗感得意地說：「你就是最後一個了，你也要加油啊！」

「我不必了。」鄧山搖頭說：「我剛剛就是爲了這個事情才叫停的，你會的，基本上都是朱家武技吧？」

「嗯……大部分是。」金大說：「其實其他家族的武技也不少，只是沒有很有系統地學，東一招西一招的，不適合初學者。」

「朱家武技不只不該教我，你控制的時候都不該用。」鄧山說：「萬一別人看出來，以爲是朱老先生教的，豈不是害了他？」

「欸？」金大說：「這樣很多功夫不能用耶？」

「如果是拚死逃命，那還可以考慮一下啦。」鄧山想了想說：「如果只是一般比試……」

「哈哈哈。」金大突然笑說：「我想到了，不用怕啦。」

「怎麼？」鄧山問。

「一些普通功夫可以使得似是而非、加東減西，那不用擔心。」金大說：「比較麻煩的是眞正高深的功夫，但是這種功夫，大部分只有家主能學到，除非這一代朱世家家主當面看著，其他人就算懷疑，也不敢確定我用的是什麼功夫。而就算真的被看出來，也不會懷疑到大眼兒身上去，頂多懷疑你曾經偷偷跑入他們的『家主秘殿』裡去。」

「呃……好像也不大好吧。」鄧山說。

「啊啊！你好煩！不要什麼事都這麼早就開始擔心啦！就算都不行，還有花靈棍法可以用，所以你還是要認真學起來。」金大嚷嚷說：「我現在先教你剛說的那個……拳掌指法！」

「什麼法？這也是那個什麼秘殿裡的功夫嗎？」鄧山頗有點想拒絕。

「不是！」金大說：「這是第一代在戰爭中創出來的，還沒來得及教人……就被神使圍攻死掉了。」

金大說著說著，到最後一句，鄧山突然感覺到心口無端冒出一股沉重的壓力。鄧山這才想起，共生者的死亡，對金靈來說是一種十分不愉快的回憶，看樣子是這股情緒影響到自己了。鄧山只好乾笑說：「好吧，你要怎麼教我。」

還好金大恢復得挺快，他說：「放鬆身體，由你控制內氣出入，照我剛剛教的方式引納內氣喔。」

「好。」鄧山才剛回答，金大已經帶著鄧山縱躍起來。

鄧山此時內氣大增，全身氣脈貫通，而金大也並非全力運使，所以並不會像當初金大控制鄧山時那樣，讓鄧山覺得天旋地轉、頭昏眼花，什麼都看不清楚。

不過此時雖然不暈了，鄧山心念卻關注在內氣的出入，也沒多體會到什麼，只覺得身體被這麼帶著運動，其實也挺舒服的。

過了一段時間，金大突然說：「好，你慢慢把心神注意到動作上，一點點心力維持著內氣出入。」

喔？鄧山照著指示做，果然勉強可以辦到，因內氣出入的動作其實頗固定，好比大多數人在平路上可以一面走路一面和人說話，除非路面不平，須更高的集中力，那才另當別論。

「就是這樣。」金大說：「接著，這是第十遍了，注意看每個動作變化。」

這麼快就第十遍了？鄧山有點訝異。

「只有二十七招。」金大說：「感覺如何？」

心神跟著金大走，果然完全不同，不但能十分清晰地感覺到每個動作開始與結束的時間點，而且漸漸地，鄧山的身體不只是放鬆而已，而是開始配合著金大的動作移動。

金大鼓勵地說：「下一遍交給你控制。」

「對，這樣會更快。」

鄧山接過手，開始迅速地揮動著招式。幫助鄧山記憶的，不只是剛剛心神的體悟而已，手腳身軀不斷重複地移動，也會自然而然累積成一種記憶，只要是相同的動作，很自然就會重複繼續下去。

偶爾鄧山有不大清楚的地方，因爲金大與鄧山心神相通，總能在第一時間接手，讓鄧山繼續整套打下去。又過了七、八遍，鄧山終於完全記住，能很順暢地將一整套拳打完，而因爲是以內氣帶動身軀，鄧山臉不紅氣不喘，還感覺挺有精神的。

「好，停。」已經不知道打了第幾遍，金大終於叫停。

「這樣記得挺快的耶。」鄧山頗高興。

「還早還早。」金大說：「你剛剛只是死記，現在開始要動動腦筋了，你想一下這二十七招的變化是怎樣？」

「唔……」鄧山想了片刻才說：「似乎把身體正面分成九個半圓弧形方位，每個方位有三種不同的拆攻之法。」

「嗯，沒錯，但還不夠，想多一點。」金大說。

「如果加上身體的旋動……」鄧山左右動了一下，一面揣想一面說：「有十八招可以照顧到身後的攻擊。」

「還不夠，再想深入一點。」金大又說。

「唔……」鄧山皺起眉頭，一面比著式子一面說：「我一時想不出其他的了。」

「嗯，畢竟你沒學過其他功夫，這樣不錯了。」金大說：「你有沒有注意到，這每一個招式，肩、胸、腰部分的動作幾乎都一樣，主要在手上的改變，就連腿的動作也不多，下半身主要是針對各種角度襲來的力道求穩而已。」

鄧山一想，訝異地說：「對耶，這樣很怪嗎？」

「很少功夫會這樣的，這樣身體不夠靈活。」金大說：「但也是這功夫的特色。」

金大停下，似乎等鄧山領悟。鄧山又想了一陣子，最後還是搖搖頭說：「我不知道原因。」

「你看，每個方位有三個變招，對吧？」金大說：「而且每個變招各不相同？」

「對。」鄧山說。

「如果把這個角度的變招換去另一個角度呢？」金大說。

「嗄？」鄧山一愣，照著金大說的一比，他訝然說：「也可以耶。」

「因爲身體動作不變，所以只是手臂更換方向，就變化了。」金大說：「也就是說，每一個角度的三個變招，都可以用到其他八個角度去……」

鄧山大吃一驚，這樣……這樣有多少變化？

「九乘二十七，兩百四十三種。」金大說。

「也好多。」鄧山張大嘴。

「但是你要說只有二十七招也可以。」金大又說。

「這樣嗎？」鄧山不大能接受。

「總之，這二十七招都是連消帶打，適合各種角度的招式，可以針對不同的敵招應變，所以這套武功呢，可以說是二十七招的九個變位，或者說九個方位的二十七種變招。」金大說：「來吧，練習這兩百四十三種，我先帶你打幾遍。」

「這……」鄧山還有點遲疑。

「快啦！」金大說：「剛又說我不教你！」

「呃……好啦。」鄧山沒辦法，只好又照著金大的囑咐，讓他帶自己揮動著手臂。鄧山一面體悟，一面訝異地想：「有時候左右手動作要交換耶，不然打不出去？」

「當然。」金大說：「到右則右縮左伸，到左則左縮右伸，這很基本。」

「爲什麼？」鄧山腦海已經漸漸有些混亂。

「這還要問……在右側縮右手伸左手，這樣你左右手才會在距離接近的地方呼應……換到另外一邊要顚倒。」金大說：「我開始懷疑教你功夫是錯的……」

「知道了啦。」鄧山無奈地說：「我已經很認眞學了。」

「記得不要用一個招式換九個方位這種練法。」金大打了一陣子，突然又說：「要一個方位連施二十七招。」

「有差別嗎？」鄧山一面揮掌，一面皺眉。

「因爲你實戰上會發生的問題，是這個方位有敵來襲，考慮用二十七招的哪一招應付。」金大說：「而不是有一招要用，卻不知道該往九個方位的哪一邊使用。好，你接手。」

「喔。」鄧山一面接手一面想，金大至少在功夫上說的話都挺有道理，聽他的就是了。

「這樣想就對啦！」金大又得意了，嘿嘿笑說：「你不要看不起這套功夫，這功夫看起來是一手化招一手反擊，而且攻擊的都只是對方來襲的手、腳或武器，很像只是拿來護身用的；但要是運足內氣往外打的話，兩手指掌間力道立即呼應迸出，威力很大的。第一代家主只要欺近神使旁邊，這套功夫一用，對方的『界』馬上應聲毀掉，跟著也就差不多了。」

鄧山一面保持內氣的出入，一面迅速揮舞著手臂，老實說，金大說這麼一大串，他眞沒辦法全聽進去，只能聽個大概。

金大倒是不在乎，接著說：「剛剛大眼兒說要讓你學棍，我就想到這套功夫了，棍不像刀劍這麼方便隨身攜帶，萬一你兩手空空遇到敵人，這套功夫就很適合使用了。只不過不能對付內氣比你高的人，對方金靈不散開，你力量會打不進去。」

「喔？」鄧山隨口應了一聲。

「差不多了。」金大說：「試試亂打吧，不依順序規矩地揮動，眞實戰鬥其實更像這樣。」

「好。」鄧山嘗試著依金大之言變化，上下左右扭身移腿，各種招式交錯施出，直到感覺十分順暢的時候，他才眞的覺得，自己似乎眞能隨心所欲地使用這套功夫。

「還早還早。」金大潑冷水：「你熟是熟了，但是非常需要實戰練習，讓身體記憶住應付不同狀況時適合的招數，因爲打鬥時沒時間讓你去考慮。」

「好像很難。」鄧山說：「我去哪兒找人練習？」

「沒關係啦。」金大無所謂地說：「等棍法也練好了，再一起想辦法。」

鄧山想起那個兩千多種變化的棍法，頭不禁又大了起來。

「其實你不用太擔心。」金大說：「等我先學會，教你就快了。」

「希望如此。」鄧山現在比較能一面揮拳一面說話了。

「你這套拳法，除了實戰部分外，已經很熟了，動作也很準確，你還練不到兩個小時吧。」金大說：「你知道一個練武奇才，練這套要多少時間？」

「多久？十分鐘？半小時？」鄧山隨便亂猜。

「哼哼！」金大說：「至少三、四天才能清楚記熟每個變化，一面漸漸熟練，還必須師父盯著調整姿勢到正確位置，練習至少一個月以後，才可能動作不差毫釐。尤其這種威力大的武技，動作稍微差個一分半分，威力就大大不同，你眞以爲練功夫這麼簡單啊？」

「那我……算很快囉？」鄧山訝異地說。

「你終於明白了。」金大嘆息說：「連你這種武學白痴，我都能教得這麼快，你居然還擔心學不會那套棍法，對我這麼沒信心，實在太讓我失望了。」

鄧山翻了翻白眼，不理會金大，繼續練習著各種角度的招式變化。

沉默了片刻，金大突然不甘寂寞地說：「這套不知道叫拳法還是什麼的功夫，我們該給它取個名稱。」

「你取吧。」鄧山無可無不可地說。「拳掌指都用到的一般是說……爪？手？散手？」

金大沉吟說：「二十七手？二四三手？」

也許金大很會教人功夫，但肯定不會取名字。鄧山忍不住暗自竊笑。

「可惡。」鄧山想啥，金大自然十分清楚，他哇哇叫說：「你居然笑我，不然你取一個來！」

「我不會取……啊！不然這個。」鄧山哈哈笑說：「偷雞摸狗二十七手？」

「你取的才超級難聽，不行，一定要取個好名字。」金大說。

「名字只是一個代稱啦，實質上還不都是這套功夫？」鄧山搖頭說：「隨便都可以，沒差的。」

「這樣嗎？」金大說。

「對啊。」鄧山說。

「好吧，那就偷雞摸狗二十七手。」金大說。

「我亂說的耶。」鄧山傻眼了。

「你不是說只是一個名稱，沒差？」金大說：「以後有人問你這是什麼功夫，你可要老實告訴人家。」

「呃……這樣感覺對不起創這功夫的前輩。」鄧山說：「還是換個名稱吧……」

「哼，就會說大話。」

金大繼續爲了取名大業而努力時，門口突然有人敲門。鄧山停下拳腳，過去開門，門口又出現一名長相平凡的僕役，鄧山當然也看不出來他是哪一位，只好微笑著等他說話。

「鄧先生。」僕役端著個像餐盒的東西說：「用餐時間到了。另外，這是主人交代送來的東西。」鄧山隨著僕役的目光轉去，卻見一旁地上放著一捆長約兩公尺，粗細、材質看似都不同的金屬棍。

「這麼多要做什麼？」鄧山嚇了一跳。

「這是從武器商那兒搬來的。主人說您過去慣用長棍，這次沒帶來王邦，所以需要另外訂製。」僕役走入房中，把餐盒放下，一面說：「每一支上面都有記錄各自粗細、輕重、彈性的數值，鄧先生試試之後，選擇自己稱手的三種數值告訴我們，我們再交代武器店訂作。至於兩公尺的長度，是朱老先生先選的。」

「原來如此。」鄧山沒想到朱老先生想得這麼周到，不過說自己「慣用」，那可眞是不敢當了，大概自己在這兒練棍的事情，他連僕人都打算隱瞞；他正想去搬那一捆金屬棒，僕役已經搶著過來，把金屬棒搬入房中一角，並解開綑綁的繩索。

望著僕役，鄧山頗有點讚嘆，這人造人的軀體當然不可能練什麼內氣，能搬這麼重的東西，看來動力系統設計得應該很棒。

「練棍囉，快！打開那本書！」金大嚷嚷。

「練棍的事情晚點再說，先吃飯。」

鄧山不管興奮的金大，走到桌前打開餐盒，裡面菜色似乎頗豐盛，只是大部分都看不出是什麼食物。鄧山一面撥弄著食物，一面不禁想起柳語蓉，前幾天晚餐都是陪著她一起度過的……不知道她今晚吃飯了沒？這次不知道多久才能回去見她？

「那個……」金大說：「你在家吃飯的話，不是都會打開電視看嗎？」

「是啊。」鄧山說：「這兒又沒有電視。」

「那本書可以看啊。」金大說。

「你眞不死心。」鄧山沒辦法，只好取出那本書，一面說：「書要按鈕翻頁，又不像電視這麼方便。」

「那個綠色鈕。」金大指點說：「是自動播放，旁邊那個是速度調整，你先放零點五倍速，慢點才能看清楚。」

「還可以這樣？」鄧山照著金大的指示調整，一面說：「上一個共生者，當初怎麼搞到這本書的？」

「他跑去花靈的世界呀。」可以分心的金大，一面看著畫面一面說：「一去去了兩年才回來，剛回來，就發現世家內狀況好像不大對，說不定隨時會有激烈的戰鬥，這書放身上不安全。於是，他把書先交託給一直很崇拜他的族弟大眼兒暫且保管，後來……就死了。」

「嗄？」鄧山吃了一驚，顧不得金大情緒波動，訝然說：「你意思是，他是被朱家自己人背叛？」

「應該有吧。」金大說：「圍攻他的功夫很多種，不只是大日朱家，奔雷葉家也有，好像還有飛鱗城的龍家，不過這我比較不確定，因為那個人只稍微……欸，你看專心點，腦海裡面的影像模糊了。」

「我在想你的事情啊……」鄧山呆了呆才說：「你上次說在這兒有事情沒做……是要幫他報仇嗎？」

「報仇？為什麼要報仇？」金大訝然說：「怎麼報仇？那些可都是高手中的高手呢，靠你嗎？哈哈哈……」說著說著，居然笑了起來。

可惡。鄧山臉紅地說：「枉費我替你擔心。」

「我不是人類，不要用人類的觀念來看我。」金靈說：「人總會死，早死晚死怎麼死都是死，我才不管這麼多，就算復仇了他也不能活過來，何必？只不過橫死的感覺真是很討厭，最好是心神平靜、身體機能自然結束、在睡夢中死亡，這樣我也舒服很多，你要儘量往這方面努力啊！」

「我……」鄧山望著那揮舞棍法的小人影，嘆口氣說：「和這世界牽扯越多，你這個希望恐怕是越難達成。」

「不會啦。」金大得意地說：「我會保護你的！」

「話說回來……」鄧山說：「金大，這世界科技這麼發達，怎麼聽你說起來，打架還是用原始的手腳兵刃啊？」

「因爲用物理能量的力來破內氣的力，是事倍功半。」金大說：「比如說，要毀掉這個城市，隨便一個使用質能轉換的簡易小炸彈就能達成，對吧？」

在這個世界，那種東西已經變成簡易小炸彈嗎？鄧山抹抹冷汗說：「對。」

「而在神能干擾下，人類想要能發出內氣摧毀這城市是不可能的……」金大說：「對可借引神能的神使來說就簡單一點，不過還是要挺高階的神使才能辦到。」

正吃飯的鄧山差點沒嗆到，咳了半天才說：「你說什麼？毀了城市？神使可以辦到？你說一個人嗎？」

「對啊，很奇怪嗎？」金大說：「你們那邊，沒有城市被毀過嗎？」

「呃……有被炸彈毀掉的。」鄧山說：「沒有被人毀的。」

「喔，大概因爲你們那邊不容易練內氣啊，比這兒還難。」金大說：「這兒有神能干擾，但還可以靠金靈轉換神能修練，你們那邊體外能量卻是若有若無的，久了還會消散，要不是我經驗老到、感應靈敏，你到現在還在築基咧。」

「那是怎麼回事？」鄧山問。

「誰知道。」金大說：「唉，一直問，你都沒專心看，回轉啦。」

鄧山沒好氣地把書頁回轉，一面說：「那你剛剛突然提到神能很難破壞城市是指……神能不如炸彈？這麼說好像也不對……」

「不是。」金大說：「剛被你打岔了沒說下去，我是要說，但是在那種爆炸威力下，就連你這剛築基的都能運出內氣自保，除非你剛好在威力最大的爆源中心附近。」

「眞的嗎？」鄧山訝異地說。

「對啊，因爲那種力學能量不容易突破你的氣能，金靈也不會閃避，可是相同使用內氣或神能的人，想突破你的氣能就容易多了。」金大說：「兩種是不同性質的能量，而基本物理結構對兩者都沒抵抗力，所以你那個大家都沒內氣的世界，用炸彈、火藥武器等東西殺人很方便，這兒就沒用了。」

「喔……那神能干擾內氣是什麼意思？」鄧山又問。

「就是內氣會被充斥在世間的神能抵銷減損掉，所以才需要金靈呀。」金大說：「所以如果在這種狀態下，還能發出外發內氣的人……那就……」

「那就怎樣？」鄧山追問。

「不知道，沒見過這種人。」金大說：「也許這種人才眞有機會把神殺了吧……」

「神還能殺的啊？」鄧山已經快昏頭了。

「誰知道，總之，若不是神能干擾，這世界早已不是這樣了。」金大說：「內氣也不會這麼難修練，人體悟天地之氣的成就，也不會只限制在現在這種模樣。傳說神出現之前，人類可以修練到飛天遁地、移山倒海；但是神出現之後，這一切就都改變了，人類發展被這股外力限制下來，所以王邦的人當初才會一心想要滅神……只不過神使太多又太強囉，打不贏。」

「你們這世界，和我那個世界差異太多了。」鄧山搖頭說：「哪有人能飛天遁地的，又不是拍電影，是聽誰傳說的啊？眞的假的？」

「花靈說的……」金大突然怪叫說：「哎呀，你有完沒完啊？倒帶啦，看棍法啦，你不想回去抱女人了呀？問題這麼多。」

「你這傢伙……」鄧山一面按鈕一面唸：「就說你沒耐性，每次解釋一半就煩了……」

「眼前的事情很多耶，過去的事情都過去了，哪有這麼重要？」金大說：「你也專心看吧，不要一直問了啦！知道這麼多幹嘛？」

「好吧。」鄧山只好收拾起好奇心，一面吃飯，一面專心看著「書」上浮起的小人揮舞長棍的動作。

這一看就看了兩個小時，才把整本「書」看過一次，其間僕役還來收過一次飯盒。另外，鄧山還失神過好幾次，然後就被金大逼著「回轉」重看，鄧山還眞有點佩服金大，怎麼都不會累。

好不容易看完兩千多種變招，鄧山早已經把前面的忘光了，他伸個懶腰問：「休息一下吧？」

「我如果說重看一次……你會不會生氣？」金大問完就知道答案了，他悶聲說：「好啦，休息休息，你剛不是一堆想問的？讓你問問。」

「你爲什麼會這麼有興趣？」鄧山看金大這麼「識時務」，自己反而有點不好意思，尷尬地說：「你會的功夫不是已經很多了嗎？」

「傻瓜，這套功夫是武技之祖啊。」金大說：「所有招式的起源。」

「什麼？」鄧山抓抓腦袋說：「天下武功不是出少林嗎？」

「什麼林？」這會兒輪到金大聽不懂了。

「我開玩笑的。」鄧山自己也覺得好笑，揮手說：「人類練武歷史很悠久了吧？怎會從這套才七百多年歷史的棍法開始？」

「因爲神降世統治後，武技漸漸失傳了。」金大說：「花靈反而記得很多，他那時候來人類世界玩，發現此事，花靈就把記憶中的武學招式整理成這套功夫，打算傳授給想學的人類……沒想到居然被趕回西荒，還牽連了一批修練內氣的人……花靈後來在西荒仍傳授給大家，但是因爲太複雜了，沒人學得了全部，只能各記住一部分，之後大家根據所記得的演變出不同的武技，百年後才藉此重新返回人類世界。」

「沒人學得全……居然還想要我學……」鄧山洩了氣。

「當時沒用這種書記錄下來啊。」金大說：「傳說花靈在那百年中只演練了四、五次吧，每次演練完就去休息了。」

「他怎麼不多演練幾次？」鄧山問。

「附身很累。」金大說：「花靈又不是人，必須附在人身上，才能藉著人身顯示這些功夫。」

「和你的方式類似嗎？」鄧山訝異地問。

「不是，花靈是眞的完全控制住一個人……然後被附身的人也很慘，要躺很久才能恢復元氣……」金大說：「所以，後來『他』才會帶著器材去記錄成書，這樣一次就可以囉……不過去時多了一些波折，搞了快兩年才回來。」

「和朱老先生說的不大一樣……」鄧山說。

「對啊。」金大說：「我就跟你說，他說的很多都錯啦。」

「唔，你上一個共生者也不大老實。」鄧山突然想起說：「他告訴朱老先生，這套功夫未必比朱家武學好。」

「他是說實話。」金大說：「各家各派掌握到訣竅之後，各自經過數百年的發展，在威力上眞的未必不如這套功夫。不過，因創始人的性格與天份不同，各有優劣長短之處，花靈棍法則是統合大成，學會這套功夫，未必比專學某家功夫更強，但是卻更容易看透別人招式的變化，畢竟大家的功夫都是出自於這套棍法……反正朱家的你不敢用。欸……休息夠了吧？」

「好吧，看就是了。」鄧山嘆了一口氣，按下重播鈕，再看一次。

# 異世遊

## 誓約之印

這次因爲金大算是難得有耐性解釋了挺多往事，鄧山投桃報李，也算挺認眞地仔細看著人物的動作，聚精會神地多看了兩個小時才休息。鄧山放鬆身體，仰頭思考這些招式，只覺得此來彼去、棍影翻飛，根本搞不清楚。

「很正常。」金大說：「如果不是由我教你，該是先學三、五種變化，練熟了再學下去，是我在學，才一次通通看完……現在算是大概記住了，不過怕還有不夠精準的，這一面練可以一面感覺出來，再來查。」

「你的記憶力比人類好太多了。」鄧山說。

「嘿嘿。」金大得意地說：「何止記憶力？領悟力我可也是超一流的呀。而且，更重要的是對武技的認識，我和你可是完全不同，看到基本動作，我至少就可以想出七成以上的變招了，學都不用學。」

「是啦、是啦。」鄧山懶得聽金大自吹自擂，揮手說：「現在該幹嘛了？」

「去挑棍子吧。」金大說：「大眼兒自作聰明，通通拿兩公尺的來，我們先挑一公尺、兩公尺、三公尺三種，越長的彈性要越大，其他就看你自己感覺怎麼樣稱手了。有了棍子之後，就開始靠身體記憶。」

「嗯。」鄧山回想著招式說：「看招式，有些不能用太長的棍，有些好像又要長棍才好發揮。」

金大說：「對，這包含了刀法、劍法、鎗法、長短棍等各種不同的變化，所以才會這麼多招……」

「但是戰鬥的時候，沒法帶這麼多支棍吧？」鄧山問。

「帶最能發揮棍法威力的就好，一公尺半、兩公尺、兩公尺半、三公尺都可以，看你的喜好。」金大說：「這會影響到你能使用的招式，還有和敵方戰鬥的方式、距離，等你練熟以後再選囉。」

「喔。」鄧山確實還不知道這些差異，也只好先不管了。

因爲金大除了長度之外，對輕重沒什麼意見，鄧山本身也毫無概念，只好亂選，告知僕役之後，等了兩日，各式長棍才送來。而這兩日間，鄧山自然被金大逼著看了不知多少遍花靈棍法，到最後，連使用加速的方式看，鄧山一樣不會看漏招式變化。

據金大說，這代表鄧山雖然還沒能記牢，但是對畫面變化已經有了深刻印象，看到上一個動作自然會想到下一個動作，才能在加速放映的狀況下趕得上變化。

當各種長度的金屬棍送來之後，當然就是整天揮舞棍子的歲月。一開始金大自己練習著，沒去理會鄧山，只交代他把內氣出入和內氣運行練習到習慣成自然；至於全身穴竅的刺激，因爲分心能力的問題，還是只能靠金大幫忙，以逐步提升鄧山的內氣修爲。

過了一個星期，金大得意地表示，已完全掌握到花靈棍法的兩千多種變化，接下來就輪鄧山練習了；因爲已經連續揮舞了一星期，鄧山雖然沒花心思，身體卻已十分習慣，早在數日以前，已不再是全然被動著讓金大帶領移動，身體有時也會自然而然地配合挪動——只是說要搞清楚自己用的是哪招哪式，那可眞是強人所難了。

又是一個星期過去，鄧山漸漸記了一肚皮招式，但是各招式前後演變、生剋變化，甚至使用時機，因爲鄧山一點武學概念都沒有，反而很難搞清楚。

金大數日前就發現了這個問題，他知道這是鄧山缺乏實戰訓練所致，但一時卻也找不到辦法，不過假設由金大控制著鄧山，至少鄧山配合動作上，已經沒什麼大問題了。

鄧山卻越來越心浮氣躁，一轉眼已經來這世界半個月，這樣拖下去，要多久才能回去？

兩人商量了一段時間，決定這一晚向朱老先生告個假出門，把金大心中掛念的事情辦妥，再來討論什麼時機回去。

既然要告假，首先自然是下去大廳，看看朱老先生在不在。

鄧山走下一樓，此時剛用過晚餐之後不久，朱老先生果然一個人坐在屋角靜思，其他學生們則散在廳中，各自練習著金靈的操控。鄧山這兩個星期，基本上除非金大練發了性，每天都會下來大廳問候朱老先生一次，朱老先生也會想些控制金靈的訣竅和鄧山聊；鄧山畢竟和金靈部分心神相通，金大一直以來控制著金靈軀體做一堆動作，鄧山在旁體悟著，基本上多少都會了，只差熟練程度而已，所以朱老先生很快就發現，自己沒東西好教鄧山了。

不過為了掩人耳目，不讓人發現鄧山其實是在學武技，鄧山還是每天下來一趟，時間一久，多多少少也認識了那些大小不等的孩子們。只不過鄧山年紀較長，他們頂多對鄧山和善地笑笑，很少主動過來攀談，所以鄧山幾乎都不知道他們的名字。鄧山此時走入大廳，他們的目光自然又望了過來，小小娃兒只會看著人偷笑，然後又各自做自己的事去了，大男孩就比較會和鄧山互相點點頭；不過，十餘歲的大女孩就大多比較害羞，不大會正面和鄧山對望。

鄧山正打算向朱老先生走去，突見朱老先生一睜眼說：「小芹！過來。」

小芹是誰？鄧山很少見到朱老先生主動叫學生過去，他大多是交代了練習的方向，就讓學生自己習練；如果完成或者有問題，再主動去找他。

鄧山正望著，小娃兒堆裡面，一個看似十三、四歲，黑髮披肩的可愛小女孩，有點驚慌地站起，走向朱老先生，一面說：「朱……朱老爺爺，我來了。」她一面偷看了鄧山一眼，見他沒走近，才比較安心地繼續跨步。

鄧山在側方幾公尺外停下腳步，等朱老先生先處理好這小女孩的事情，一面有些好奇地望著這女孩，之前好像沒看過，莫非這兩日新來的？望著她，鄧山心中微微一暖，六、七年前陪語蘭回家，初次見到語蓉的時候，她似乎也是這個歲數……不過，她可沒這小女孩這麼害臊，從小就精靈古怪的挺難侍候……鄧山不好老盯著這女孩，目光四面一望，卻見不少大、小男生正偷看著她，看來她年紀雖小，已經頗受歡迎了。

朱老先生看到鄧山，微笑點了點頭，目光又望回小芹，慈祥地說：「別怕，爺爺不是跟妳說，練習好了要告訴爺爺嗎？」

「是，朱老爺爺。」小芹有點慌張地點頭說：「可是我覺得我還沒練好。」

「試給爺爺看看。」朱老先生說。

小芹在朱老先生面前盤腿坐下，背脊挺得筆直，雙目半閉，神色肅然，居然是標準修練養氣的姿勢。只見她雙手彷彿隆起一般，緩緩浮起一團白色物體，那物體越來越大，往前攤開，變成一團白白圓圓感覺還軟軟的東西，而那團東西一部分還始終連接著小芹的手掌心，不知道那是什麼。

「不知道那是什麼？」金大插嘴說：「你呆了嗎？那就是金靈啊。」

「啊？」鄧山尷尬地苦笑說：「你又沒這樣跑出來過。」

「我這樣跑出來幹嘛？」金大說：「她是剛開始學控制，所以從凝聚金靈軀體開始，這樣比較容易感受到金靈部分的反應和脈動，是初學者的玩意兒啦。」

難怪金大都沒這樣玩過，這段時間，鄧山對金靈部分的控制，比較有用心去學習，知道金靈主要的功能是幫助內氣轉換與出入，這些變形其實是末節。他想了想，突然心念一轉說：「弄成翅膀形狀，其實也像是這種方式的延伸，當初你怎會想到這種用法？」

「還不是上一個共生者。」金大說：「他小時候好頑皮，想了好多花樣，用金靈飛行就是他那時候弄出來的。你知道嗎，他還控制金靈遠遠伸出去偷掀女孩子的裙子。」

鄧山倒有幾分羨慕具有這種個性的人，咋舌說：「眞的很皮。」

「用翅膀遠不如使用單人飛行器快和方便，可是他直到一把年紀，還是整天張著大翅膀飛來竄去，搞得每件衣服後面都破兩個大洞。」金大笑說：「這樣其實挺危險的，金靈部分大部分凝聚在體外，受到攻擊就糟了，可是一堆人勸他，他都不聽。」

此時女孩前方的金靈已經聚成人頭大的一團，她這才緩緩張開眼睛，有點擔心地望著朱老先生，一副等待責罰的樣子。

朱老先生點頭說：「做得很好，可以收回去了。」

「是，朱老爺爺。」小女孩心神一鬆，那白色的大團金靈倏然收回到她身上，一點痕跡都沒有。

「接下來，妳該練習新的東西了。」朱老先生說：「妳練習在剛剛那種狀態，把內氣灌注到金靈之中，接著心神集中到金靈的區域，體會外界的變化，看有沒有新的感受。爺爺這樣說，妳聽得懂嗎？」

「心神集中……」小女孩表情有點惶然，似乎正咀嚼著朱老先生說的話。

「慢慢來，爺爺可以重說沒關係。」朱老爺爺說：「就像妳修練內氣、存想內氣一樣，是不是把意識集中在氣海？就像那樣，只是集中到金靈部分上，知道嗎？試著體會金靈對外在飄浮能量的感知，以後才能藉著金靈引入。」

小女孩懂了，高興地連連點頭。

「記得有感覺到東西，就自己來告訴爺爺喔，這樣才能快點學下一個階段。」朱老先生笑著說：「去練習吧。」

「謝謝朱老爺爺。」小女孩走來的時候嬌怯怯的，離開時卻是蹦蹦跳跳，急急忙忙地奔回那群小朋友之中。難怪有人說朱老先生其實一點都不兇，他對小孩子好像很慈祥……嗯，這話是……那個小娟說的，眞不知道她到底是何方神聖。

「啊！啊！」金大突然叫了一聲：「我突然想到一個好方法，哈哈哈，太好了。」

「什麼？」鄧山訝然問。

「晚點再說，大眼兒叫你了。」金大說。

「鄧山。」朱老先生神色又變回那副嚴肅的模樣，正目光轉來，沉聲說：「一切順利嗎？」

「還不錯。」鄧山和朱老先生有默契，不在大廳直接談習武的進度，鄧山望向那小女孩說：「很可愛的小孩，新來的？」

「你們那組織不是賣給葉家一個金靈嗎？」朱老先生說：「最後就是選了由她來承受，她前兩日剛被送來我這兒學，合體還不到半個月，除了太害羞之外，資質還好。」

「原來就是她……」不過，這不關自己的事情，鄧山收回思緒，轉過話題說：「我今天想向朱老師請假，出去辦點事。」

「喔？」朱老先生說：「我們上去談。」

兩人又回到上次深談的密室，朱老先生開口說：「你要辦什麼事情，我本不該過問，但是我想知道，危不危險？要去多久？」

說到這兒，鄧山就有氣，金大這老不死妖怪，居然到了今日還不肯告訴自己要做什麼，枉費自己這麼好心要幫他辦事。

「什麼老不死妖怪？罵人不可以這麼狠毒啦，我不說當然有原因。」金大在鄧山心中不大甘願地叨唸。

鄧山沒空理他，對朱老先生胡謅說：「只是朋友所託，辦點小事，應該不危險；至於時間，順利的話，今晚該能趕回來。」

「那就好。」朱老先生說：「不過為了安全起見，你把書先交還給我，以免有意外，等你回來，我再借給你。」

這一點鄧山倒是已經事先想到了，所以他馬上從懷中取出「書」交給了朱老先生；其實金大早已經記熟，這幾天根本沒打開「書」看過，不用再借也沒關係，只是不好跟朱老先生說自己兩個多星期就記熟，以免嚇人。

交還了書，鄧山正要告辭，朱老先生突然皺眉說：「你有通訊機嗎？」可能和自己那個世界的手機一樣吧，沒帶的人很稀有，鄧山尷尬地搖了搖頭。

「我想也是。」朱老先生說：「我去幫你準備一個，回來之後再給你吧。」

自己在這兒白吃白住還學功夫，要是這種事情也讓對方準備，好像太過分了。鄧山呆了呆說：「朱老師，我已經太麻煩你了，這樣太不好意思，還是我去找芝姊，要他們幫我弄一個好了？」

「不差這點。」朱老先生揚手止住鄧山說：「一千萬我是出不起，小錢也就別客氣了。」

卻不知道朱老先生口中的小錢是多少？鄧山又不好意思問，只好告退離開。

沒帶武器的鄧山，兩手空空走出這大宅，望著不遠處的旅館，心中考慮著……回來之後，要不要去看看袁婉芝？

雖然感覺上他們組織不像什麼好人，但是眞讓鄧山感覺不像好人的，到現在爲止，其實只有那個副執行長康禹奇，而他也只是言語之中透露出一股邪味兒，眞要說他是壞人，好像又太武斷了。

而從一開始，就是自己誤會了他們，他們其實對自己一直都還不錯……就只有放竊聽器這手段實在有點不敢領教，還好現在有金大注意，該不會再被放了吧？

「不會啦。」金大說：「我有在留神，不過……他們說不定會放到你女人身上？」

「會嗎？」鄧山吃了一驚。

「回去以後，好好檢查一下你女人全身吧。」金大嘿嘿笑說：「反正你也忍了好多天了。」

「你……」鄧山說：「我怎麼越來越覺得你像個色鬼啊？來這兒前還一直問我要不要交配……你們不是沒性別的嗎？還是你有偷窺癖……」

「什麼偷窺癖！亂說亂說。」金大說：「因爲我知道，那是會讓你快樂的事情呀，而你感到快樂的時候，我也會感到快樂，所以我當然會鼓吹你去做那些事，這很正常吧，你彆彆扭扭的才奇怪咧……」

「原來是這樣……」鄧山苦笑說：「不過……人類這種事情要自然而然才好，不是因爲我會快樂就去做，還要考慮對方；加上你這樣一直嚷著，我會心裡有疙瘩，反而不好。」

「喔！難怪你築基好之後又畏首畏尾的……」金大說：「以後我知道了。」

「誰畏首畏尾了。」鄧山惱羞成怒說：「你要不要辦事啊？淨是胡扯，也不跟我說往哪兒走。」

「東北邊啦，明明你先開始聊的。」金大說：「我們趕時間，我來控制吧，先用彈勁。」

「好。」鄧山運出內氣，保持出入平衡之下的最大量，任金大控制著身軀往外高速彈射，一路往東南方飛奔。

這是鄧山內氣穩固之後，第一次讓金大全力運作。一面奔行，金大一面教導：「你能力不同了，不要全用彈勁，我們抓大角度，接觸地面彈起時，馬上改帶三分沉勁，別讓身體離地太遠，方便持續加速。」

鄧山感覺到金大將身體控制著幾乎與地面平行，每一次屈膝點地騰縱間，彷彿砲彈一樣往前直射，而他也不等騰空的力道消失，點地的節奏決定於腿部那穩定而持續的動作，隨著動作不斷點地，身體也不斷加速往前飛射。

「好快呀。」鄧山雖然還不至於眼花，但是前方地面不斷浮現東西，然後又很迅速地飄到身後消失，感覺實在有點奇怪。

「要快還可以更快，點地頻率再短一點就好。」金大說：「不過再快下去，氣阻就會越來越大，漸漸要另外多耗一部分內氣，你內氣還不大夠，還是先這樣好了。」

奔了一段時間，已經清楚金大怎麼跑法的鄧山閒著沒事，忍不住說：「現在可以跟我說去幹嘛了吧？」

「好吧。」金大好像還是有點不甘願，頓了頓才說：「去拿一個東西。」

「去哪兒拿？」鄧山說。

「就是……我獲得自由的地方。」金大說。

「你自由……」鄧山一愣，說：「上一個共生者死的地方？」

「對……」金大停了停才說：「耶？你不害怕？」

「還好啊。」鄧山省悟說：「你擔心我會害怕，所以一直不肯說？」

「對呀。」金大說：「你們人類很奇怪，有的討厭看死人，有的討厭碰到死人的東西，一堆怪癖。」

「我是沒這麼多顧忌……你要拿他的遺物？」鄧山問。

「對呀。」金大說：「有個他很重視的東西還扔在那兒，想起來有點放不下心……他臨死前，還一直煩惱沒法送回這東西。」

「什麼東西？」鄧山問。

「誓約之印。」金大說：「上面刻著創邦五城王離開花靈境時的誓願和簽名。」

「那種東西只是有紀念價值而已，不是嗎？」鄧山說：「難道有別的功能？」

「那有兩個功能。」金大說：「一個是藉此可以自由出入花靈之境，否則沒有花靈領路，走不進去的。」

「喔，難怪他可以取得花靈棍法。」鄧山說：「另一個呢？」

「當初，那也是象徵王邦諸王之王的權印。」金大說。

「諸王之王不是葉家嗎？」鄧山訝然說：「這印怎麼會跑去朱家？」

「這……」金大拉長聲音說：「說來話長耶……要從第一代開始說起……」

「懶得說就算了，反正應該也沒有實質的效用，都丟了百多年了。」鄧山了解金大，也不逼他解釋，只說：「總之，你要拿這個回來，然後交給誰？」

「朱家家主啊。」金大說：「這一直是他們保管在秘殿的。」

此時已經遠離奔雷城，進入山區，障礙物漸漸多了起來，金大也不再讓鄧山貼地飛馳，而是在山林樹木間彈跳。這樣如閃電般彈走奔飛，鄧山轉換氣勁需要花的心力比平地多了不少，一時之間無暇說話。

不過他越想越不對，眼看地勢稍微平坦了些，忙說：「你上次說，殺死他的人，其中不是有朱家的嗎？說不定就是後來的當家主呢，你還把這東西送給他？」

「唔……」金大似乎沒想到這一點，訝然說：「會這樣嗎？」

「很正常啊。」鄧山說：「小說和電影都這樣演的，殺死自家老大的，每次都是老二，這樣才能當老大呀。」

「這樣啊？」金大沉默片刻說：「那怎辦？」

「我哪知道？」鄧山苦笑說：「不要拿了？」

「唔……」金大說：「都快到了，拿到再說好了。」

鄧山也無所謂，讓金大帶著飛奔，一面說：「當初葉家不是也有派人去殺他嗎？說不定也是爲了搶這印。」

「很有可能。」金大說：「他當時有猜想，他去花靈之境的事情大概洩漏了，所以被人知道那印在他手中，才引來那次追殺。」

「可是有什麼好搶的呢？」鄧山想起三國時代搶玉璽的故事，搖搖頭說：「雖然說形式和象徵上那代表諸王之王，但實際上還是看各世家勢力大小吧？不是隨便誰拿著都有用。」

「我也不知道，他只想到拿這個去花靈之境，沒想太多其他的。」金大說。

「會不會那東西有什麼特別的功能，你不知道？」鄧山說。

「不大可能……」金大說：「這東西當初製造的時候，我已經和第一代家主合體了，整個過程看得一清二楚。」

又過了一段時間，金大帶著鄧山又回到還算平坦的道路上。這附近似乎頗荒涼，周圍都是無窮無盡的草原或矮林，綠色道路上遍是灰土，看來很少有人通行，走著走著，鄧山掠進一個山谷夾道。這夾道並不算太窄，最緊處約五公尺寬，只不過兩旁的懸崖峭壁頗爲陡峭，讓人不禁有點壓力。

「這兒的北邊不遠就是大日城，當年就是被引到這兒遇襲的。」金大一面說，一面快速地移動：「當時上下左右前後都是敵人，差點就衝不出去。」

「圍攻的有多少人？」鄧山問。

「二十多個高手。」金大說：「這才能封死他所有去路。」

「這樣還能逃出去？」衝出狹道時，鄧山咋舌說。

「他很棒。」金大帶著鄧山沿山壁轉，一面說：「不只是天生學武奇才，打鬥時又能依情況自創奇招，而遇到困境，他總是能想出別人想不出的方法來突破。」

「我好像第一次聽你這樣稱讚人。」鄧山說。

「他眞的很讓人佩服，個性開朗，遇到什麼事情都笑嘻嘻的。」金大說：「所以和他合體的那百年，我大多時間都很快樂，然後……最後居然還得到了自由……」

不過如今失去自由，卻是因爲自己……鄧山不好接口，搖搖頭苦笑。

「我沒怪你啦。」金大呵呵笑說：「就像他常說的，這是機緣，也許我註定和你合體呢。」

「也許吧。」鄧山想到和金大合體後，自己整個人生天翻地覆的變化，不禁有點感慨。

此時金大一轉方向，帶著鄧山往上方衝，爬上斷崖，越爬越高，沒片刻翻上斷崖。這上面只有幾株古樹、怪石、亂草，其他什麼都沒有。

「他不會是逃到這種地方吧？」鄧山訝然問：「這兒哪邊還有退路？用翅膀飛嗎？」

「他已經身受重傷，沒有餘力飛了，就是沒人想到他會往這兒逃，才讓他殺出一條路。」金大帶著鄧山往東走兩步，到一株大樹前說：「你看，這大樹樹根下是不是有個洞。」

鄧山望去，見那淺淺樹洞中滿是落葉和塵埃，根本一覽無遺，怎麼躲人？

金大說：「先把葉子和灰塵撥開，柔和一點發勁。」跟著一面揚掌聚氣，帶著鄧山控制的勁道，往樹洞揮了一掌。

噗地一聲，整大片枯枝腐葉隨著灰塵揚起，鄧山猝不及防下難免灰頭土臉，又打噴嚏又咳嗽地連退開幾步。好不容易穩定下來，看過去，這會兒底下的洞穴是可以放得下一個人了，但還是看得清清楚楚啊，怎麼躲人？

「大家想法都和你一樣。」金大說：「坐下去吧。」

「喔？」鄧山訝異地往樹根下鑽，半躺半坐地縮了進去。

正不知這是幹嘛的時候，金大說：「往上看。」

鄧山一抬頭，赫然發現，上方樹幹中居然開了一個人寬的黑色深孔，中間橫插著一支看不出材質的短棍，短棍上，正盤坐著一個渾身衣物皆已腐朽的骷髏，依靠著這短棍與樹壁的支撐，不知已經過了多少歲月。

# 異世遊

## 鄧先生，你超速了

「這是他鑽入樹底後，以黑焰氣御使強大熾熱掌力，瞬間往上燒融出來的空間。」金大緩緩說：「然後就藏到上面去，每個敵人看到樹幹下那一覽無遺的淺坑，都沒再過來詳細搜查。這陡峭的山巔上又只是小小一片，上來一眼就看盡，他們也不會特別帶狗上來搜尋……」

「好厲害。」鄧山說：「居然用這種方式躲起來。」

「而且只是在殺出重圍的一瞬間決定的。」金大說：「我跟你說他好棒，對吧！」

「嗯……」鄧山仔細看了看說：「這個大洞是一瞬間挖出來的？」

「嗯！」金大說：「他內息整個鼓出，兩掌一推，樹幹就瞬間完全焦黑，然後化成粉末往上擠，你沒看旁邊都是焦黑的。」

「眞是誇張……這要多強的內氣才能辦到……」鄧山瞠目結舌說：「這兒內氣練到太高不是沒大用處嗎？」

「萬一要應付神能攻擊時就有用，硬碰硬也有用。」金大不耐煩地說：「練高又沒壞處，你又想偷懶對不對？」

「呃……」鄧山只好轉換話題說：「那我們既然來了，順便把他埋了吧。你說的東西在哪兒？」

「他腰間有個金絲混紡的小包，你找找看，那個材質特殊，不會腐朽的。」金大說。

鄧山往上伸手，才一碰，枯骨就這麼解散，稀哩嘩啦地摔下。鄧山這次已提高警覺，瞬間提氣閃出洞外，那位先賢的屍骨難以避免地就這麼摔散在那樹根下的坑洞中。

「這樣也挺方便的，等等把這洞埋起來就好了。」鄧山在月光下翻找著屍骨，這會兒當然分不出什麼地方是所謂的「腰間」，不過那金絲小包確實醒目，並不難找。鄧山從屍骨中取出，打開一看，裡面有個一個拳頭大小、造型特殊的古樸木塊，可能就是那東西了。

「就是這個。」金大說：「拿起來就可以看到底下有那些誓願和簽名。」

鄧山沒興趣看，重新包好金絲小包，綁到自己衣袍內的暗袋，拍了拍說：「完成了？埋起來囉。」

「等等。」金大說：「我突然想到那根棍子，你拿一下。」

「哪根？」鄧山不懂。

「就是架著他的那根。」金大解釋。

「喔？」鄧山皺眉鑽入洞中，還要避免壓到底下的屍骨，好不容易才把那根看不出材質的木棍拔了出來，拿在手中說：「這是幹嘛？」

「這是花靈交代那邊的人給的，說是花靈之木。」金大說：「當時急著回來，沒聽懂他們說是幹嘛的，不過因爲不大，他倒是一直插在腰間，沒想到危急時剛好拿來支撐身體。」

確實不大，鄧山在手中拋了拋，這支短棍大約只有四十公分，小指粗細，顏色深綠偏褐，若不是看來平整光滑，簡直和路邊隨便撿起的枯枝差不多。

「短短小小，有點像指揮棒。」鄧山隨手揮了揮說：「總不可能拿來施展棍法吧。」

「那人是說……用內氣……水分……」金大說：「嘖……他那時想事情，沒仔細聽，只聽到這幾個字。」

「看樣子這位前輩雖然又聰明、又厲害，有時候還挺沒耐心的。」鄧山好笑地說。

「對呀！」金大說：「又急又沒耐心！沒興趣的事情，每次聽不到一半就跑了，然後害我幾百年都想不通。」

「你也挺沒耐心的。」鄧山說。

「這個……」金大說：「我們還是研究棍子……」

「這棍子插在這兒也百多年了。」鄧山撫摸棍子說：「居然沒乾朽掉，該有點特殊的地方。」

「對呀，而且打不爛喔，很堅固，可惜太小支了。」金大說：「你先灌內氣看看吧？」

「嗯？」鄧山無所謂地運入內氣，並沒感覺到和灌入其他東西時有什麼不同，於是說：「好像沒用。」

「那……找個地方泡水看看，不知道那水分是什麼意思，泡水會漲大嗎？」金大說。

「回去再試試。」鄧山將短棍隨手插到腰間，用手撥土掩埋樹下的屍骨，一面說：「最重要的是那個印，你打算怎麼辦？」

「我本來是想送還朱家家主。」金大說：「但是剛剛你那麼一說，我也不知道了。」

「不然送給他的子女？」鄧山說。

「可是很難找吧。」金大說：「過了百多年，死的死，沒死的也老了，我連大眼兒都不認得了……唔，不然送給大眼兒？」

「朱老先生？」鄧山說：「他很照顧我們，人也不錯，送他是沒問題，不會害了他吧？」

「應該不會吧。」金大說：「他看起來挺有辦法的，和葉家也挺熟。」

「等等。」鄧山說：「我要怎麼跟他說這東西的由來？」

「唔……」這也難倒了金大，兩人商量不出所以然來，只好先回去再說。

來的時候大概花了一個多小時，這樣算算，不到午夜，該可以趕回大宅。一面奔跑，鄧山一面暗自計劃，得再跟朱老先生請幾天假，回自己的世界看看……這兒的離境手續好像有點複雜，加上爲了避免誤會，等等回去，還是先去找袁婉芝，跟她商量一下。

不過和她碰面的時候，該怎麼交代金靈知識的事情？想到這點，鄧山就頭痛，只好先擱在一邊。就在此時，金大突然說：「注意後面。」

「什麼？」鄧山心神收回，藉著金靈體會，感覺到側方遠處似乎有兩股能量正向自己接近。

「那兩人像是追你的。」金大說：「東方附近追來的。」

「怪了，怎會有人追我？」鄧山說。

「這不奇怪。」金大說：「可能是朱家晚上派在外面巡邏的，我們加把勁的話，可以甩掉他。」

「那就甩掉他吧。」鄧山說：「被攔下來，不知道又要惹上什麼麻煩。」

「嗯。」金大相應加速，很快地，鄧山就感覺到，那兩股能量越來越遠，相信再過一段時間就會感覺不到了。

鄧山才剛要放輕鬆，突然又感覺到另外一面，另有一股能量迅速接近，而且比剛剛那個快太多了。鄧山仰起頭望過去，果然看到空中一個光影正快速飛射而來，正是飛艇。

飛艇接近鄧山上方，突然放出強烈的光束，籠罩住正奔跑的鄧山，一面有人使用擴音器喊：「我們是大日城警部，請原地稍待，配合本城路巡作業。」

路巡？鄧山訝然問停下腳步的金大說：「帶著那個印，被檢查到會不會糟糕啊？」

「不知道耶……」金大說：「要逃跑嗎？」

能逃嗎？這可不像當初剛和金靈合體時，在荒山野嶺藉著高大原始的森林和飛艇捉迷藏；而且康倫的飛艇還沒配備武器，只能靠人飛下追擊，這才讓鄧山與金大一路逃竄。但這兒一路上曠野居多，逃是一定逃不掉的，鄧山心中有些發慌，又不知道該怎辦才好。

飛艇降在前方不遠處，兩個身穿制服、髮型相同的青年男子走下飛艇，向著鄧山走來。右邊一個膚色較白的青年兩手空空，臉上笑咪咪的；左邊另一個膚色較深的青年，手上拿著一個類似記事板的東西，神色就凝重了些。但基本上，兩人神色都還算和善。

那兩人走到鄧山身前，左邊那黑臉青年望著記事板說：「鄧山，南谷自治區來的？」對方一見面就知道自己是誰，大概又是戒指的關係，不過這兩人可沒戴戒指，難道又是人造人？鄧山一面亂想，一面點頭說：「對。」

「你資料上顯示要暫時住在奔雷城，怎麼跑來這兒？」那人接著問。

「我……」鄧山呆了呆說：「我不知道不可以跑出來。」

「不是不可以跑出來。」黑臉青年皺了皺眉說：「鄧先生，你超速了。」

「呃……」鄧山沒想到，自己居然因爲「跑步」而超速，難道這兒也有罰單？

「你也不知道速限嗎？」青年又說。

「以前沒有呢。」金大偷偷補了一句。

「我眞的不知道。」鄧山說：「請問……超速，有什麼罰責嗎？」

「規定上是五金幣。」一旁白臉青年突然笑說：「但是其實幾乎沒人被罰過。」

「沒人被罰？」鄧山不解。

「規定上，是如果有急事超過速限，只要同時通知我們，我們警部還可以斟酌情況，適當地協助。」白臉青年說：「如果沒事先通知，衛星會自己鎖定目標、錄影，並通知我們，我們依規定必須派員來查探，並依法懲處，因爲誰也躲不過衛星。一直以來，不大有人無聊到去觸犯這法令。」

「對不起。」鄧山說：「我對貴地的法令不大清楚，如果要處罰的話，五金幣我好像該有……」

「剛查了一下。」白臉青年望望黑臉青年手中的記事本說：「這位鄧先生好像沒有登錄通訊機？」

「沒有。」黑臉青年搖搖頭。「所以他也沒辦法通知我們囉？」白臉青年說。

「朱警令？」黑臉青年微微一怔。

「哎呀，楚兄，來者是客，人家從南谷來的，不要這麼嚴格啦。」朱警令拍拍黑臉青年的肩膀，取過那記事板，一面看，一面對鄧山說：「我們衛星紀錄上，你的路徑很清楚，從奔雷奔東北方向，進入大日城郊，然後一直線奔到城南的並峰谷道，停留了一小段時間之後，開始往回，又是一直線地衝向西南，準備回去。」

這兒的衛星怎麼這麼無聊？記錄這個幹嘛？鄧山有點傻眼。只聽朱警令說：「五金幣小事而已，加上又是無意初犯，不罰也沒什麼關係，但是鄧兄您跑到那兒去做什麼？總要交代一下吧。」

「得說謊囉。」金大說：「我幫不上忙了，這你在行！加油！」

這死傢伙……鄧山吸口氣，緩緩說：「其實我來到貴地，是在奔雷城向人求教，學習金靈的使用方式。」

「喔？」朱警令微微一驚說：「難道你是和朱安山老先生學習？你這歲數才來學？」

「我不知道朱老先生的名諱。」鄧山突然想起，朱老先生是叛出朱世家的，在朱家的範圍內提到他，不知道會不會有意外的麻煩……而且這人也姓朱，真有點危險。

還好朱警令似乎沒打算翻臉，依然微笑說：「你繼續說。」

「今天，我體會到金靈的內氣控制方法，發現可以提升不少能力。」鄧山的謊言慢慢成形：「我太高興了，所以和朱老先生請假，跑出來測試，一面練習怎麼樣使用金靈奔跑。當時只是隨意選了個方向，一路跑到那個山谷，覺得那兒景觀有點特殊，就稍微欣賞一下……後來怕朱老先生擔心，所以我就往回跑，卻不知道原來這兒有速度限制。請問速度限制是多少？」

「地面奔行，秒速不可超過四十公尺，以免遇到狀況反應不及，發生危險。」楚姓警員回答。

這樣是多快？鄧山雖然讀理工科，但是在自己生活圈習慣了聽時速，一時之間還換算不過來。

「時速嗎？」金大好心地幫忙計算說：「十四萬四千公尺。」

不會順便換個單位嗎？乍聽到十四「萬」吃了一驚的鄧山，埋怨地想，這樣是……時速一四四公里，剛剛有這麼快，不可能吧？

「這我也不知道。」金大說：「我不會測速。」

「鄧先生。」朱警令又說：「你腰間那短棍挺特別的，可以讓我看看嗎？」

鄧山不好拒絕，只好取下遞過。朱警令拿在手中揮了揮、敲敲左掌心，笑說：「這是你的武器嗎？」

「不……」當了一年補習班老師的鄧山說：「那是……那是管教小孩用的，類似教鞭。」

「教鞭？」兩個警令都露出訝異的神色。

說不定這邊不是叫這名稱，鄧山解釋說：「就是教導小朋友的時候，用來威嚇他們的，比如敲敲桌子、牆壁之類的。朱老先生那兒小朋友很多，有時候會要我幫點小忙。」說不定這兒打小孩又犯了什麼法，鄧山只好說敲桌子應付。

「喔……教鞭？」朱警令皺眉遞回，一面搖頭說：「原來這樣。」

「那，我可以走了嗎？」鄧山問。

「嗯，記得別超過速限。」朱警令揮了揮手，和同事轉身離開。

「對了。」鄧山尷尬地問：「請問我剛是跑多快？我沒有測速的工具。」

兩人一呆，那位楚姓警員看著記事板說：「最快的時候接近五十公尺。」

「快去買個通訊機吧。」朱警令揮手說：「上面該有的功能都有了。」

「是，謝謝。」看來在這兒生活，眞得弄個通訊機。

鄧山道謝之後，再度往西南方奔行。這次怕再度超速，鄧山索性自己控制，在他控制的情況下，就算使盡全力，也不到金大奔跑速度的一半，不用擔心超速。只不過鄧山不大知道方位，需要金大指引。

好不容易再度回到奔雷城，因爲回去的時候是鄧山親身奔跑，比預估的時間晚了一點，此時已經接近午夜。到了旅館大門前的鄧山有點遲疑，不知道袁婉芝休息了沒。

先去大廳問問看好了。鄧山走了進去，大廳一旁那塊區域，還是當初他離開時的模樣，許許多多的人造人似乎拿這兒當成交誼的地方，在其中歡聚、笑談。俊美的服務生來回穿梭，送上各式飲料餐點，卻不知人造人爲什麼還需要飲食？

鄧山這麼走入大廳，引來不少人轉頭注目，更有不少各具不同風情的女子，一個個媚眼拋將過來，甚至還有拋來媚眼的男性……鄧山頗有些招架不住，只好快步走向服務台，拋開那些不堪承受的關注。

「鄧先生。」服務小姐見到鄧山，臉上堆滿了笑容說：「我姓蘇，有什麼可以爲您服務的嗎？」

「請問上次和我一起來的袁小姐。」鄧山說：「是不是還住在上面？」

「袁小姐嗎？」蘇姓服務生點頭說：「她確實還住在上面，您要找她嗎？」

「這個……」鄧山說：「這時候不知道她歇息了沒？」

「您等等。」蘇姓服務生也不知轉身查看了什麼，過了幾秒，回頭說：「她應該還醒著，我幫您詢問？」

「好的，麻煩妳。」鄧山說。

蘇姓服務生使用服務台的通訊機，對袁婉芝詢問了幾句，很快地，她笑著對鄧山說：「袁小姐請您上去……而且她很驚喜唷。」

「謝謝。」鄧山連忙往上走，不敢再在大廳多待。

到了袁婉芝大門外，鄧山敲了敲門，穿著類似睡袍般簡便外袍的袁婉芝，很快地拉開門，望著鄧山，臉上神色複雜，看不出是喜是怒，隔了片刻她才說：「你可終於來找我了。」

「芝姊。」鄧山有點尷尬地說：「有沒有什麼事情？我今天是請假，來看看芝姊的。」

「忙到這麼晚才有空？進來說吧。」袁婉芝轉身走入，兩人在外進的小客室坐下，袁婉芝這才說：「學得如何？」

「還算挺順利的。」鄧山說。

「那麼金靈的知識呢？」袁婉芝接著問：「你有帶來嗎？」

果然問到這件事了，鄧山尷尬地說：「其實金靈知識很難寫，他的知識會突然浮現出來的，並不是一次全告訴我，所以我也沒法很有系統地整理……」

「和你說的內氣一樣嗎？」袁婉芝上下看著鄧山說：「你的修爲好像又進步不少。」

鄧山這才想起有關內氣的謊言，連忙點頭說：「對，類似內氣，朱老先生知道以後，也有點驚訝。」反正是說謊，多拉點人墊背，可以增加謊言的眞實感。

「朱老先生也感到驚訝？」袁婉芝似乎沒很注意這一點，有些茫然地說：「上面傳下消息，對我們有點責備……上面說，以你的狀態，不該來這兒學習金靈控制，應該找武學老師傳授武技，我們使力使錯方向了，白浪費一次人情……」

鄧山微微一驚，這所謂上面的人，見識可不簡單，似乎對自己狀況一清二楚，這可有點可怕。

朱婉芝說完，停了幾秒，這才望向鄧山說：「上面說的……應該沒錯吧？」

雖說沒錯，但可別再找武學老師來了，學那棍法已經讓自己快瘋了。鄧山正想拒絕，心念一動，又有點遲疑，若有個武學老師，豈不是可以找到人練習？還是自己應該答應？

「不用找人練習了。」金大突然插嘴說：「這個我今天想到解決辦法。」

「你怎沒跟我說？」鄧山問。「那時你先是在看小美女，然後大眼兒叫你，沒空聽我說話。」金大說。

什麼小美女？怪了，不知道金大啥時想通的，鄧山一時沒能會過意，也懶得追究，心思轉了轉，對袁婉芝說：「其實我感覺……我只需要時間，讓我靜心想清楚金靈告訴我的，然後加以練習，就會有不少進步，等這些都消化吸收之後，才考慮找老師比較好，不然現在我也不知道我缺乏什麼。」

袁婉芝聽了，皺著眉一時沒作聲，不過金大倒是忍不住說：「我可以確信一點，我的五個共生者中，你絕對是最會說謊話的一個。」

「還不是被你害的……我才不喜歡說謊。」鄧山又好氣又好笑，不知道該怎麼對付金大。其實，鄧山自從和金大合體之後，無論是逃跑、打鬥、學武、養氣，幾乎都是金大在想辦法，但金大就是不懂得說謊；而鄧山就爲了隱瞞眞相，成日絞盡腦汁說謊，時日一長，說謊能力逐步提高，也是沒有辦法的事情。

「我會把你的意見往上呈報，現在上面的指示……是要我們儘速返回南谷自治區。」袁婉芝說：「我去找你幾次，都被拒於門外……」

「這我不知道。」鄧山訝然說。

「朱老先生對我們組織一向不客氣，還好對你好像挺欣賞。」袁婉芝說：「總之，我們現在要儘快回去，你想想辦法，在不惹怒朱老先生的前提下，儘快向他辭行。」

「喔……」鄧山心中有點苦惱，在朱老先生認知下，那套棍法少說也要幾個月才可能粗略練熟，自己不管用什麼理由辭行，他應該都會生氣吧？另外，自己這次來，本是想請假回自己的世界幾天，如果回南谷的話，不知道還有沒有時間回去？

「這事要快。」袁婉芝見鄧山不答，加重語氣說：「這命令已經下達了一個星期，我卻一直沒法找到你……金靈控制不是已經不用學了嗎？難道朱老先生會不讓你走？」

鄧山腦海轉了轉，有了主意，看樣子這次得向朱老先生撒謊了。鄧山當即點頭說：「我這就去處理，不過老人家比較固執，說不定要花點工夫。」

「嗯，你儘快。」袁婉芝說：「我會通知那兒派飛艇過來，在泊場等候我們，只要你離開大宅，我們馬上辦手續回南谷大鎮。」

泊場？大概是飛機場的意思，鄧山點頭說：「今日已晚，我明日試試看，芝姊等我消息。」

「好。」袁婉芝心事重重地嘆了一口氣，起身送鄧山離開。

到了門口，鄧山回過頭說：「對了，芝姊，回去之後，可以放我個假，回台灣看看嗎？」

袁婉芝苦笑說：「只要你快點把這兒的事情處理好，什麼都好商量。」

「那就先謝謝芝姊了。」鄧山心情振奮起來，跟袁婉芝道別，離開旅館，返回大宅。

回到奔雷城，已經午夜，和袁婉芝這麼一扯，時間更晚了。鄧山在朱老先生宅院也住了兩個星期，知道到這時候，宅院中的人多半都已經休息，還好該有一兩名僕役輪值應門，該不用翻牆而入。鄧山用戒指叫門之後，很快地，僕役就趕來應門，一面問候鄧山說：「鄧先生回來了，主人有交代，如果有事情可以叫起他。」

「喔，不用了，沒事。」鄧山說：「我自己上去就好了。」

「好的。」僕役微微施禮，轉身去了。

這兩個星期，一直都悶在那間大屋中，這廣闊的庭院反而沒怎麼逛過，反正明日就要和朱老先生告別，今晚趁著月光逛逛這院子，也不枉來這住了半個月。

鄧山順著通往後院的碎石小徑緩緩地走，繞過大宅左側，看到上方二樓整排燈光幾乎都還亮著，那兒是朱老先生學生們的房舍，看來大家都還在努力練習。

若非有金大引導，自己也許根本學不會吧，聽說若沒在小時候和金靈建立好體悟的聯繫，長大才想建立就很困難了。

二樓除了學生宿舍之外，另外就是僕役房間、小型會客室、廚房等一些正常房宅會安置的機能；三樓就通通是房間了，至於是不是都和鄧山那間一樣的大房，鄧山也不清楚。

鄧山因爲是特例才住在三樓大房，三樓除了朱老先生和鄧山，似乎沒看到別人，也許原來是計劃留給朱老先生家人住？只不過從沒看過他的家人，卻不知是留在大日城，還是剛好都沒碰見？

抬頭望望，現在是下弦月，月亮彎彎一弧，弧角朝西，該是……陰曆二十四、五吧？這樣的月光雖然稍暗了些，但對內氣逐漸有成的鄧山來說，這樣的光度倒也是剛剛好，夜半無人時逛著庭院，也是難得的享受。

這樣的月色，這樣寧靜的氣氛，一晚的繁忙彷彿久遠之前的事情，鄧山感覺心情似乎也漸漸沉澱了下來。

回到房中，鄧山先跑到浴室洗了澡，今天可是出門幫人收斂屍骨呢。他同時把那根怪短棍扔到一盆水中，泡在那邊先不管了。

走出浴室，換上衣服，鄧山伸伸懶腰對金大說：「還要練嗎？還是今天休息了？」

「休息？」金大嘿嘿笑說：「別開玩笑了，我不是跟你說過，找到練習實戰的辦法了嗎？」

「什麼？」鄧山頗有幾分不祥的預感。

「你先把鞋子脫掉。」金大說：「然後到中間去。」

脫鞋子？鄧山洗澡之後只穿了一雙便鞋，脫掉倒不麻煩。他依著金大的交代，赤腳走到房中央說：「你想到什麼辦法？」

金大說：「你看著吧，不要控制金靈部分喔。」

「好。」鄧山發現金大控制著金靈部分，全部往自己右腳集中，跟著居然從自己右腳尖延伸出去，變成一團停在兩公尺外的白色圓球，只藉著一個小指粗的長線和自己連接著。

「這是幹嘛？」鄧山訝然說：「你不是說，這是小孩子的玩意兒？」

「對啊。」金大越發得意地說：「如果金靈沒意識的話，就是小孩子玩意兒。」

金大說話的過程中，那團圓球好像鼓漲了氣，倏然變大，眨眼間變成一個頭手腳俱全的人形怪物。那怪物似乎有點不穩，搖了兩下。金大一面說：「等等喔，我抓一下相對位置。」

又過幾秒，突然那人形怪物又是一變，居然出現了面孔、耳朵等人體細微的特徵；而且仔細看去，鄧山訝然發現，那根本就是自己的面貌……只不過是個沒眼珠的大禿頭。

「對啊。」金大說：「我就是這樣包裹住你的，當然是你的面貌，只不過現在裡面是空的，所以不很穩定，還要習慣一下。」

鄧山這時候終於醒悟，訝然說：「你要用這種型態和我練習。」

「對！」金大得意洋洋地說：「今天那個小美女練習的時候，我就想到了。」

嗯……好像不錯喔，鄧山看了看金大下身，有點尷尬地皺眉說：「你要不要穿條褲子？」

「那個喔？小事。」金大心念一動，把那晃來晃去的東西收起來，眨眼間乾乾淨淨。

「……倒是挺方便的……」鄧山看著那光溜溜的下體，莫名覺得挺好笑的，太監模式？

「來！」金大說：「我們先練拳法，熟了以後才拿棍。」

「要練了嗎？」鄧山沒和人當眞好好過招過，其實有點忐忑。

「我會一面教你的。」金大說：「拳法變化你比較熟練，也學了整套，所以從這兒開始。那功夫以防守爲主，所以我主攻囉。」

「好。」鄧山擺開架式，屏氣以待。

金大不再多說，踏步往前，當胸一拳，正面向著鄧山打來。這普普通通的一招，鄧山依然不大清楚該怎麼應付，腦海中那二十七招，似乎超過二十招可用，鄧山只好胡亂選了一招，毛手毛腳地抵擋。

金大很迅速地說：「這種情況用這招，右腋下到右腹會有破綻，小心了。」兩方拳掌還沒接觸，金大拳頭一縮，身體後仰，左足飛踢而起，取的正是鄧山的右腰。

鄧山一驚，旋身間左右手跟著變招，連消帶打地攻擊金大的左足。

金大左足一轉，碰向鄧山掌端，借力而退，一面重新撲上，一面說：「原來的九個方向各三招是有道理的，當你不知道該用哪一招時，那原始三招破綻會最少。」

「喔？」鄧山這才知道，當初爲什麼要分九個方向，這樣就比較好選招式應對了。「但是，如果你掌握到對方招式的變化，使用其他適當的招式，可能會更容易獲勝。」金大一面變招一面說：「越穩的，風險越小，但是要贏也比較慢一點。」

「原來如此。」鄧山說。

「你先練習穩守吧。」金大說：「熟了以後再逐漸變化……欸，多送點內氣來，我要加快速度。」

「好。」鄧山多了點信心，提起精神，專心面對金大的攻擊。

兩人就這樣你來我往，一面教一面練，鄧山也才眞正逐漸體會到武學變化多端之處。

# 異世遊

說不定可以賣很多錢

剛找出練功方法的鄧山與金大練發了性，就這樣從半夜打到清晨，直到僕役送來早餐，才暫時休戰。「吃飽了，開始練棍吧？」金大心情十分好。

「什麼？」渾身腰痠背痛、到處都是傷的鄧山說：「我沒睡覺耶，而且萬一被棍打到，會很痛耶。」

「運運氣，精神就回來了，我也會小心一點啦。」金大說：「剛剛那是爲了讓你記住才用力一點的。」

「哼。」鄧山扒著飯，不怎麼相信金大。

原來凌晨時，金大見鄧山漸漸熟悉招式的應對，不只逐漸加快，還用了不少奇怪而特殊的招式，那些招式的變化往往在最後奇兵突現，打得鄧山措手不及；相對地，金大也來不及收手，頂多收回內氣，所以鄧山後面兩個小時被打得東倒西歪、渾身淤青。還好鄧山內氣已有根基，只要運一運氣，青腫便消褪不少，但腰痠背痛卻是難免，此時金大提到用棍練習，鄧山不由得不擔心。

「放心啦。」金大笑著說：「我只用花靈棍法和你練習就好了，不會用奇怪招式。」

「花靈棍法就夠多招了。」鄧山沒好氣地說：「我等等要去辭行了，要練等我回家再練吧？」

「嗄？」金大說：「你家這麼小，怎麼練。」

「呃……」這話也是，自己那客廳不到十坪，怎麼揮棍，何況要兩個拿棍的人過招？當初躺著練內氣倒沒差，要練招式就有點麻煩了。

「拿那五千萬去買棟大房子吧！」金大自作主張。

「去你的……」鄧山吃飽了早餐說：「要練就練個兩小時吧，一大早就去煩朱老先生也不大好。」

「練到中午吧？」金大不大甘願，他發現和鄧山過招也可以過比武的癮，難以抑制地想一直打下去。

「不要囉唆啦，芝姊在等耶。」鄧山站起身，突然想到昨晚洗澡後扔去浴室的那短棍，當下走入浴室，卻見短棍一點也沒變，還是原來那模樣。

「看來泡水沒用。」鄧山拿起說：「現在怎麼辦？」

「不知道。」金大說：「帶著吧。」

「濕濕的。」鄧山擱在一旁說：「等乾了再說。」

「不想等的話，也可以烘乾。」金大說：「黑焰氣性質偏熱，你想像著身體內噴出火焰，內氣性質就會偏熱了。」

「好像挺好玩的，不會燒壞吧？」鄧山問。

「你內氣還沒到那種火候啦。」金大說：「而且這短棍很怪，好像很難壞掉。」

不會壞就好，鄧山想像著內氣如焰，通入短棍中遍佈全體。突然一陣煙霧冒出，眼前一花，手一鬆，那短棍鏘鏘掉落地面，不知道發生了什麼事情。

「啊……你做了什麼？」金大哇哇叫：「跟你說烘乾，你手掌撫過表面就好了，把炎氣運進去幹嘛？棍子呢？」

「我哪知道……一滑就掉了……該沒事，我剛有聽到掉落聲。」鄧山退出浴室，運氣搧了搧，那股莫名其妙的煙霧慢慢消失，鄧山往地下望，卻是不由得怔在那兒。那棍子本來四十公分，小指粗細，此時竟變成二十餘公分，粗細更是瘦了一圈，像筆一般粗細。

「變小了！」金大大驚小怪地說：「你做了什麼？」

鄧山訝異地撿起說：「難道我剛逼出的是水氣？」

「唔……」金大說：「這水氣可以逼出的？你再試試。」

「變更小怎麼辦？」鄧山說。

「到時候再說。」金大說。

如果金大不怕，自己怕什麼，鄧山再度運入內氣，果然又是一陣濃密的煙霧騰起。這次鄧山有備，捏緊了短棍退出浴室，果然短棍再度縮小，彷彿一根稍長的香菸，握在手中輕飄飄的，很不實在。

「還可以更小嗎？」金大說。

「不要了吧。」鄧山說：「變更小幹嘛？藏耳朵裡面嗎？八成會拿不出來。」鄧山卻突然想到某猴子的如意金箍棒。

「什麼？耳朵？金箍棒？」閃過鄧山腦海中的影像太過短暫與片面，金大不懂。

「沒什麼。」鄧山說：「再小就容易搞丟了，不要變更小了，問題是怎麼變大吧？」

「讓水進去呀！」金大說。

「泡了一晚上不是沒用？」鄧山說。

「既然出去是用內氣逼的，吸水當然也要用內氣吸呀。」金大興奮地說。

「怎麼吸？」鄧山不解。

「你放到水中，內氣先灌入，然後想像要吸水上來，引回內息。」金大說。

「喔？」鄧山照著金大的指示，將那小小棍放在水盆中運行內力，果然很快又變回當初那短棍的模樣，大概只吸收了半盆水。

「繼續繼續。」金大一面說：「變大變大，一面放水，水不夠。」

鄧山這時候也挺興奮的，按著法門引水入棍。過了片刻，一根長約兩公尺，恰好滿握的綠褐色木棍，就這麼出現在鄧山手中。

「原來是這樣！」金大說：「好棒，也挺沉的，水分散得很均勻……好像還可以更長？」

「嗯，長度和粗細可以隨著內息控制……平常要帶著的話，縮小以後很方便。」鄧山說：「不過臨時遇敵的話，還得找水吸。」

「誰會給你吸水的時間？」金大哈哈說：「要先吸好啦。」

「呵呵。」鄧山笑著抓抓頭，畢竟這不像如意金箍棒，只要喊變大就好了。

金大這時對如意金箍棒是什麼已經沒興趣了，他嚷著說：「走走，來比棍，這根先給我用好不好？」

「隨便啦。」鄧山搖頭苦笑，拿著木棍往外走。

兩個小時的練習，金大果真沒敲鄧山幾下，主要在誘導鄧山了解學會的招式適合在什麼情況下使用，一面確認鄧山對哪些招式比較熟練，哪些比較不熟練。

兩個小時後，歸心似箭的鄧山不管金大的抗議，又把木棍變回香菸大小收進口袋。不過逼出水氣的時候，整個房間大片煙霧瀰漫，倒是一個困擾。

好不容易等到水霧散掉，鄧山簡單收拾一下，揹著行李往下走，尋找朱老先生。

朱老先生看到鄧山的裝束，似乎頗爲意外，兩人也不在一樓多說，直接走上二樓的會客密室細談。

相對坐下後，鄧山首先行了一禮說：「朱老師，我得告辭了。」

「怎麼會這麼快？」朱老先生皺著眉說：「你昨晚去找了那位袁小姐？」

「雖不是主要目的，但有去找她。」鄧山說：「她說組織上面傳來命令，要我們返回南谷，據說是因爲上面有人看出，我主要的問題不在於金靈的控制。」

「嗯……」朱老先生說：「這我也不意外，她上星期連來了幾次，我拒絕她進門……怕打擾到你的修練。不過我也知道，你既然有難言之隱，也沒法長久不與他們聯繫……所以，昨晚我並沒勸你不要找她。」

「是。」鄧山嘆口氣，點點頭。畢竟自己怎麼能不回家？想回去就得找他們啊。

「只短短半個月的時間，那套棍法，你大概學不會了。」朱老先生說：「我當年是受人所託，保管此物，但過了這麼多年，物主大概也不會回來了，要不是你還受那組織所困，我就算送你也無所謂，此時卻不很適合讓你帶走了……」

鄧山忙說：「多謝朱老師，沒關係的，雖然學不熟這套棍法，但是我已經獲益良多了。」

事實上，假以時日，鄧山自會從金大那兒學到全套，所以他說得十分誠懇，要不是不能把金大的事情洩漏，鄧山更想讓眼前的老人家放心。

「我雖然對你們組織沒興趣，但是特別想幫你忙，你可知道爲什麼？」朱老先生突然說。

鄧山苦笑搖頭說：「我也頗覺得疑惑，但是一直想不出來。」

「就是你來上課的第一天變的那副怪樣。」朱老先生微笑說：「當初我一個很尊敬的人，曾經也很喜歡玩這種把戲，就連會弄破衣服的翅膀也是……我看到你那模樣，就想到那人……忍不住想幫你做點事情。」

朱老先生一定是想到那位朱家第六代城王了，也就是金大第四位共生者，確實也是因爲那人這般使用金靈，金大才學會這些方式，也才會用到自己身上，沒想到還因此受到朱老先生的特別照顧……

「朱老師。」鄧山突然忍不住說：「我冒昧地請問，您爲什麼會脫離朱世家？」

朱老先生一怔，似乎沒想到鄧山會問這個問題，他苦笑說：「你問這個做什麼？」

「難道……」鄧山頓了頓說：「與您懷念的那位有關？」

朱老先生臉色微微一變說：「你說什麼？你知道了什麼？」

「我只是猜測的。」鄧山說：「我在南谷也聽人提過，有另外一個人曾這樣使用金靈，聽說那位前輩是百多年前的朱家第六代家主，後來好像是……失蹤了？」

難得插口的金大突然在鄧山腦海中說：「你幹嘛這樣說？」一般都是鄧山心中有疑惑時，金大才會出聲解答，可見他此時已經聽得有點擔心。

「我還沒想清楚，你讓我想想。」鄧山在腦海中說。

「你說的沒錯。」朱老先生望著鄧山好片刻才說：「那位確實是我最尊敬的人。」

鄧山一面轉著腦筋，一面說：「我只是猜想，如果確實是那位，那麼他所留下的朱世家，朱老師該會全力保護才對……您既然選擇脫離，我只好猜測，您脫離的原因可能和那位前輩有關。」

「你說的很有道理。」朱老先生突然嘆了一口氣說：「我這份心事，還沒幾個外人能一眼看出……看來你不只在控制金靈方面是天才。」

這可慚愧了，要不是金大說了一堆往事，自己又怎麼可能猜得出這些？鄧山乾笑說：「我只是猜測，其實一點把握也沒有，若您說不是，我也只能相信。」

「但你爲什麼要問這個問題？」朱老先生說。

鄧山說：「因爲……若您脫離朱家，是因爲那位前輩，這就代表您也感覺到他的失蹤可能與後來朱家掌權者有關。」

朱老先生目光一凝說：「鄧山，你可知道，這句話要是在外面隨便說出，可是會引來殺身之禍的。」

鄧山只好苦笑說：「我相信朱老師不會對付我，才敢放心地說。」

朱老先生沉吟片刻，嘆氣說：「你說的沒錯，當初我確實是因此退出朱家，想查個清楚……但如今都已經過了百多年，朱家家主已傳到第九代，策劃這陰謀的人恐怕也都死光了，此時兩方的後代根本不知道這段恩怨，正合作無間地匡扶當家主，我雖仍心有耿耿，又怎能重提此事？」

都死光了？鄧山這才想到，事情都過了這麼久，當然都死光了……當年朱老先生也不過是個少年，而其他參與此事的既然都是高手，年歲當然也不會太小，誰也沒法活到現在……這麼說來，把那印交回給朱家好像也沒什麼壞處？

朱老先生見鄧山不說話，臉色凝重地說：「但是今日你身爲一個局外人，居然隨口就能有這種見解，我不禁擔心，本以爲該早已隨風而逝的仇恨，不知道什麼時候又會被揭起。」

這倒不用太擔心，鄧山想了想才說：「既然這樣，我也不想拐彎抹角了，朱老師，我剛問這麼多，是想知道您對那人與朱家的態度，現在我已經知道答案了……我有個東西想託付給您，您想怎麼處理都可以，但是我希望別追問我這東西的由來。」

朱老先生皺著眉沒回答，似乎不敢貿然答應，又似乎正思考鄧山怎會突然說出這些話。

趁著這空檔，金大忍不住問：「真的要交給他？」

「帶在身上太不保險。」鄧山在心中快速地回答：「那組織怪怪的，回南谷之後，不知道又會碰到什麼樣的人……畢竟當初這麼多人在搶，總有點原因，這東西我帶在身上，萬一落到壞人手中，我怕會出大事。」

「也好。」金大說：「不過，那東西說不定可以賣很多錢，你就沒債務了。」

「呃……」鄧山倒是沒想到這點，不過此時後悔也來不及了。

此時朱老先生開口說：「你說不希望我追問那東西的由來？」

「是。」鄧山點點頭。

「那我答應你之前，可以讓我知道那是什麼東西嗎？」朱老先生說。

「既然打算交給您，當然會讓您知道是什麼東西。」鄧山從衣下取出那金絲小包，遞給朱老先生。

看到金絲小包，朱老先生神色就有點凝重。他不貿然打開，看著外面的織繡紋路，越看臉色越沉重，好片刻才望向鄧山說：「這袋子……是朱家的東西，而且沒幾個人有資格使用。」

鄧山微微一愣，他倒不知道這袋子也有歷史，此時只好硬撐，無可不可地微微點了點頭。

朱老先生打開小包上的繩結，往內一看，臉色大變說：「這……難道這是……不可能……你從哪兒拿來的？」說到最後一句話，朱老先生瞪著鄧山，只差沒跳起來。

「朱老師。」鄧山說：「您知道這是什麼？」

「我……我不敢確定……」朱老先生緩緩地將那造型古怪的木頭取出，翻過正面，果然下方是一片平面，上面雕刻了許許多多文字。朱老先生捧著那東西，似乎生怕摔了下去，他看著東西說：「這……可是這一定是……不可能、不可能……」

鄧山看他如此激動，還眞有點怕他突然什麼老人病發作，那可就麻煩了，於是打岔說：「朱老師。」

「什……什麼？」朱老先生訝然抬頭。

「我現在不適合帶著這個東西到處跑。」鄧山說：「而這東西對我來說也沒什麼用途，我想，您見多識廣，該可以幫它找到一個最好的歸宿，所以交給您了。」

「這……」朱老先生緩緩把東西放在桌上，突然伸手一把抓住了鄧山，瞪大眼睛問：「你……難道他還在人世？他在哪兒？帶我去見他。」

鄧山吃了一驚，朱老先生出手如電，根本連閃避的機會都沒有，看來自己果眞是還差得遠。鄧山看朱老先生已經變得有點痴狂，只好語氣儘量放平靜地說：「朱老師，您說誰？」

「就是他啊！我大哥啊！」朱老先生說：「當初只找到激戰的痕跡，看得出來他被許多人圍攻，但是怎麼找也找不到他的屍體……他一定還活著，對不對？」

「都過了一百多年，怎麼可能。」鄧山苦笑說。

朱老先生一愣，彷彿洩了氣一般，放鬆了鄧山，坐回自己的座位，喃喃地說：「對啊，就算他天生奇才、功力超人，也沒法活到這個時候……」

「我知道，您對這東西的由來一定很好奇，但是我不能說……」鄧山說：「我不知道這東西到底多珍貴，但希望是用在好的地方，所以就交給您了。」

朱老先生望著鄧山說：「你……你知道這是什麼吧？」

「應該算知道吧。」鄧山說。

「我要聽你親口告訴我。」朱老先生說。

「好吧。」鄧山緩緩說：「誓約之印，上面刻有當初五城主離開花靈境的誓願和簽名，可藉此通行花靈之境，也是王邦諸王之王的象徵。」

「果然是這東西……果然是這東西。」朱老先生猛然站起說：「你居然把這種東西交給我，你知道這東西有多少價值嗎？」

「說眞的，我不知道。」鄧山說：「但是我不敢帶走，我怕會落入他們手中。」

朱老先生不由得臉色一變說：「萬萬不能發生這種事情。」

「所以就這樣了。」鄧山不想再為了這東西糾纏，對著朱老先生行了一禮說：「希望朱老師能找出誰是最有資格保存這東西的人，我告辭了。」

「等……等等。」朱老先生手忙腳亂地說：「我幫你準備的通訊機……」他一面回頭要拿，一面又想到不能把誓約之印隨手亂放，連忙又轉回頭拿著，最後還是好好把這東西收妥，才拿出一個小方盒。

打開來，朱老先生從裡面取出一個指甲大的柔軟薄片說：「這貼在耳根，防雨透氣，基本上不用取下；如果有特殊情況一定要取下的話，也可以重新貼回去。他們公司是建議兩年換一片，免得黏性消失了，不過用個三、五年其實都還可以。」

「喔？」鄧山取過，貼在耳下，一點感覺也沒有。

「那片東西包含了聽和說的功能；至於這個，就是和那片聯繫的主機。」朱老先生取出一片類似名片的黑色小東西說：「上面有按鍵和螢幕，可以看你需要而設定……」

應該和自己那世界的手機差不多吧？鄧山想了想，突然問：「這東西會不會讓人追蹤到我的位置？」

朱老先生似乎正在發呆，愣了愣才回神說：「什麼？」

看來朱老先生還在想那個印，鄧山重問了一次，朱老先生才連忙搖頭說：「如果你不願意，當然是不行的，你只要調整這個功能……」

聽著朱老先生的解釋，鄧山才知道，這東西雖然一樣藉著電波傳遞，但是因爲超高頻寬的關係，不再是只能藉著某個基地台或衛星收發無線電波，而是每個人的通訊機就像一個會移動的基地台一樣，除了傳送自己的訊號之外，還可以幫周圍的人收發訊息，一路往外傳。所以，任何不想洩漏行蹤的人，只要勾選保密選項，他的訊號會隨機式地多路徑傳遞，而且過程、路徑和內容都經過加密，難以破解。

而且這世界使用這種東西，只需要購買機組的錢，並登記自己的號碼，就可以免費使用，因爲這些傳訊的功能，都是通訊機上本就具備的能力，而且每台通訊機都具備，自然使得無線電訊可以通行全世界，也就沒有什麼電信業者有立場收費了。當然，這指的是人多的地方，太荒涼的所在還是得靠衛星聯繫，相對地，在那種地方也難以避免被人搜尋到位置。

不過，這東西當然也有其他衍生的商機，只是朱老先生也懶得說明清楚太複雜的功能，只讓鄧山慢慢看說明書，畢竟他腦海中還滿是誓約之印的事，根本還沒從震驚中回復。

鄧山收好了通訊機，再度向朱老先生告辭，此時朱老先生也沒什麼理由挽留，只好說：

「鄧山，你眞的要把那東西留在這兒給我保管？」

「不是給您保管。」鄧山糾正說：「是交給您處置。」

「這……」朱老先生似乎感到壓力太大，頗有些難以承受。

「如果您眞的想不出該交給誰，先收著也無妨。」鄧山只好說：「但我不覺得留著這東西，對您是件好事。」

「正是如此。」朱老先生說：「天下只有兩個人有資格保有此印，一個是朱家家主，一個是葉家家主，除此二人之外，其他人拿了只會惹禍。」

鄧山還是不明白，爲什麼朱家家主也有資格拿，不過那時候金大懶得解釋，此時鄧山卻也懶得問了，索性打哈哈說：「那太好了，只有這兩位有資格，朱老師只要兩個裡面選一個，問題就解決了。」

「你說得倒簡單。」朱老先生苦笑說：「你眞的不知道這能做什麼嗎？」

「我只知道這象徵著王邦之王，以及出入花靈境。」鄧山說：「眞的不知道還有什麼功能。」

「能以王邦之王的身分入花靈境，就是最大的功能了……」朱老先生說到一半停下，突然搖搖頭說：「你既然不知，就還是不要知道好了。」

唔，這老頭到這時候才賣關子……鄧山呆了呆說：「那……就麻煩您了，我眞的得走了。」鄧山一面站起說。

「好吧。」朱老先生說：「我送你一程。」

「不敢當。」鄧山吃了一驚。

「別客氣了。」朱老先生引著鄧山出門，一面說：「如果有什麼需要我幫助的地方，別忘了用通訊機找我，尤其是那組織對你不利的話。」

如果發生這種事，那可就眞麻煩了，鄧山嘆口氣說：「我知道了。」

「還有一點。」兩人走到門前，朱老先生停下腳步說：「他們大概要你去參加比賽，這算是磨練武技，沒什麼壞處，但是你要注意一點，萬一……」說到這兒，朱老先生的聲音突然壓低：「萬一神國和王邦打起來，你無論如何要立刻脫身，逃來王邦。」

「什麼？」鄧山吃驚地問。

「南谷自治區那兒的人雖然大多自命是中立商人。」朱老先生說：「但十之八九都是修練神法的神使，戰事若起，難免偏幫神國，與金靈合體修練者，是神國的眼中釘、必殺的對象……所以千萬記住，聽到戰事發生，別等你組織表態，馬上逃來這兒。」

自己怎麼逃？老家可是在另一個世界，鄧山又無法解釋，只好點點頭，表示知道了。

打開大門，鄧山攔阻著朱老先生，不讓他繼續送行。朱老先生往外一望，臉色微沉說：

「他們眞的挺急的，那我就不送你了。」

鄧山訝然回頭，卻見到袁婉芝在不遠處守候著，似乎想過來又不敢過來。鄧山踏出門回頭行禮說：「多謝朱老師這段時間的幫忙，我走了，老師保重。」

「你也一切保重，保持聯絡。」朱老先生和鄧山相互點了點頭，這才緩緩把門掩上。

此時袁婉芝才敢走過來，她訝異地說：「朱老先生居然送你出門，我從沒聽說過這種事情，只因爲你是天才嗎？不可能吧？」

大概是因爲那個印吧，鄧山當然不能實說，只好裝傻，袁婉芝也不多追究，帶著鄧山奔向「泊場」，辦妥手續，繳回了那表示身分的紅寶石戒指，搭上等候已久的飛艇，往東直飛。

這次駕駛飛艇的是另一個中年人，不是鄧山認識的康倫。一路上，袁婉芝話也不多，鄧山也因爲最近謊話說太多，深怕談沒幾句又得說謊，也不願主動發話，所以這一個多小時的飛行時間，難得地在沉默中度過。

一路無言中，很快地，飛艇似乎抵達了目的地。鄧山發現飛艇從震盪而靜止，那駕駛也不說話，似乎正在發呆的袁婉芝也不吭聲，看來看去，鄧山也不知道自己該不該說話。

過了幾秒，似乎是駕駛打開了艙門，這才把袁婉芝驚醒，她抬起頭，對鄧山強笑一下說：「走吧。」

鄧山隨在袁婉芝身後走下飛艇，他四面一望，訝然說：「這不是泊場？」

這兒居然是一棟高樓的屋頂，四面許許多多建築物聳入雲霄、與天比高，地面上大路筆直地往外延伸，只有少數行人使用，空中飛艇來來去去，會飛的人也飄來飄去，看來雖然雜亂卻又似乎有一套規範，這才比較像鄧山心目中的未來世界。

「南谷大鎮不用辦什麼通關手續。」袁婉芝說：「下去吧，我們等等會和康副執行長會合。」

「喔……」那個感覺有點邪味的帥傢伙嗎？鄧山皺眉說：「芝姊，我什麼時候可以回台灣一趟？」

袁婉芝皺皺眉才說：「這事我沒法做主，等等你問副執行長吧。」

鄧山知道，責怪她毀諾也沒用，既然都把自己帶來這兒了，總有他們的目的……等等只好看那個副執行長要怎麼辦了。

走下一層樓梯，袁婉芝帶著鄧山走入電梯，這電梯除了更快更穩之外，和鄧山世界的電梯倒沒什麼區別；比較特殊的是因爲樓層太多，並非按鈕選層，而是用鍵盤輸入目標樓層，再由電梯系統自動處理。

兩人很快從二百一十樓降到了七十三樓，電梯門一開，兩人走了出去。

電梯出口是個放著一排舒適沙發的空曠小廳，左邊一扇落地窗，通向一座寬闊的陽台花園，右邊則通向櫃台。櫃台中，一個女子不知道在化妝還是幹嘛，低頭忙著，看到兩人只是抬頭望望，很快又低下頭做自己的事。

櫃台後方寫的是——「楊門武學技術研習中心」；旁邊還有一行小字——「葉世家親傳」。從櫃台側方轉過去，似乎就是那什麼中心的入口了。

袁婉芝說過，上面認爲自己缺的是武術老師，難道這會兒就是帶自己來拜師？這老師當眞是去葉世家習藝的嗎？自己那世界，掛羊頭賣狗肉的一大堆，這兒就不知是不是這樣了。

突然間一股強風從身後颳來，鄧山轉回頭，卻見陽台那兒，兩個目光銳利青年正左右推開落地窗，銀髮後束的康禹奇踏步而入。

陽台……鄧山倏然省悟，這三人是飛來的，看來都是神使。看到康禹奇抵達，袁婉芝和鄧山還沒什麼反應，那個不理人的小姐倒是倏然蹦起，深深一鞠躬說：「康副執行長，請來客室稍坐，楊門主馬上過來。」

康禹奇卻沒理她，反而先向著袁婉芝行了一禮說：「芝姊，抱歉抱歉，禹奇來晚了。」

「別客氣。」袁婉芝微笑說：「這件事情我辦得不好，還得麻煩你。」

「不，芝姊不該這麼說。」康禹奇正色說：「我們都不夠了解，不是芝姊的錯。」

望著兩人彼此客氣的鄧山，頗有點好奇。康禹奇是組織這附屬企業的第二號人物，那袁婉芝又是什麼身分，兩人怎麼看來彼此都挺客氣的，好像誰也不是誰的上司。

目光轉過，鄧山望向那個不被理會、僵在那兒的櫃台小姐，她臉色有些發白，似乎有些手足無措。

此時從櫃台後方，一個精壯的中年人快步走來，一面大聲說：「鍾小姐！怎沒請貴客到會客室？」

那小姐委屈地說：「楊門主，我……」

楊門主不理會她，轉頭對著康禹奇哈腰說：「康副執行長，怠慢怠慢，怎不先去客室休息一下？這位是……」似乎他也不認識袁婉芝。

康禹奇望了楊門主一眼，淡淡地說：「不敢當，如果先到這兒的執行長夫人都得在門外等候，我康禹奇區區一個副執行長又怎敢先進去？」

「原來這位是夫人。」楊門主擠出尷尬地笑臉說：「一定是誤會，我們御下不嚴、管教不當，請兩位原諒，快請進。」

執行長夫人？鄧山有點意外，此時康禹奇和袁婉芝彼此禮讓片刻之後，不分前後地走入，鄧山和那兩位青年才跟著往前走。身後不遠，卻聽到門主大人對臉色發白的櫃台小姐低聲斥罵說：「混帳，居然得罪客人，妳滾回去不用來了。」然後他才快步追上，又到前方引路去了。

這種人眞是什麼時代都有，看到有錢有權的人就哈腰賣好、畢恭畢敬，對有求於自己的人則像凶神惡煞、得寸進尺，當初若不是這種人看得太煩，鄧山也不會不幹業務，辭職跑去教補習班混飯吃，今日若是要自己拜這種人爲師，那可眞是……

「這位就是鄧山？呵呵呵……看來不錯，雖然年紀大了一點，但是沒關係。」楊門主此時一點都不像剛剛在外面的那個人，既不是卑恭屈膝，也不是凶神惡煞，而像是雍然大度的一派宗師，正以望向得意門生的眼神看著鄧山。

鄧山乾笑兩下，點點頭沒說話。

「鄧山狀況比較特殊。」康禹奇說：「今日算是先來參觀看看貴門，我雖然對貴門已經有了基本的認識，但門主是不是可以對執行長夫人也稍微解釋一下。」

「應該的。」楊門主連忙說：「本門開山祖師楊泰，兩百年前宗傳自葉世家，後隨博格大人東來，在此安身立命、開枝散葉；祖師當年以奔雷氣、奔雷掌法，及其自創的旋風劍法最爲著名。本人身爲第五代傳人，奉四代祖師之命執掌門戶，物色人才，以發揚本門武技與聲望。」

袁婉芝微微點了點頭說：「貴門派，對門人弟子有什麼限制和規範？」

「本門有五大戒、十小戒。」楊門主挺胸說：「除此之外，只要行事合乎人情義理，沒有什麼特別的約束。」

袁婉芝轉過頭說：「還是副執行長拿主意吧。」

康禹奇點點頭，緩緩說：「上次我們提過，我們是希望鄧山往較技比賽的方面發展……」

「是。」楊門主充滿自信地點頭說：「這是南谷最熱門的運動，我們當然也有安排專門的課程與教材，還特別購置了獲得大會認證的比賽用服。兩百年來，本門子弟獲得資格、升階者無數，其中更有三人曾打入頭銜資格賽，在我們這兒受訓是最好的選擇。」

康禹奇點點頭說：「門主覺得，一個初學者要多久時間，才能參加資格考？又要多久才能入階？」

「完全初學嗎？」楊門主望向鄧山，微一揚眉說：「鄧小兄弟看來內氣已頗有基礎了。」

康禹奇有點意外地望了望鄧山，跟著目光又轉向袁婉芝。袁婉芝點點頭，接口說：「鄧山確實會一些東西，但是多少東西有用還很難說……」

康禹奇微微一笑說：「這樣吧，楊門主，方便的話，等等我們進去參觀一下諸位的訓練。」

「歡迎歡迎。」楊門主說：「這就去嗎？」

「您先請。」康禹奇說：「我們馬上就來。」

「是、是。」楊門主退了出去。

這時康禹奇才望向鄧山說：「聽芝姊說，你金靈部分又有特殊的變化？」

什麼特殊變化？鄧山撒過的謊太多，自己都有點搞不清楚。

看鄧山愣在那兒，康禹奇皺皺眉說：「你會逐漸得到一些知識和內氣？」

「喔，對。」這方面鄧山想起來了，連忙點頭說：「是的，我常一陣子失神之後，就突然多知道了一點東西，比如一些拳法或棍法……」

「還有功夫？」康禹奇臉色不變，目光凝住著鄧山的眼睛。

這種面無表情的人最難騙了，鄧山有三分心慌，點頭說：「另外還會漸漸增加內氣，我也不知道怎麼回事。」

「原來如此……」看不出康禹奇信是不信，他緩緩說：「不過，多學點東西也沒壞處……等等看過他們的訓練後，就安排你在這兒拜師。如果順利的話……十月底該趕不及了，十一月底的資格考，我們就去參加看看。」

什麼叫十月底的趕不及？印象中現在該是十一月了。鄧山有點訝異地問：「請問現在是幾月幾號？」

「這兒是十月二十三。」袁婉芝插口說：「你那兒是十一月三號。」

兩邊不一樣？這可有點難記了。卻不知道是爲什麼？鄧山想了想才說：「我可以回家裡一段時間，再來拜師受訓嗎？」

康禹奇只輕描淡寫地說：「只不過來了半個月而已，急什麼，等你考上資格試，再回去看看也不急吧，芝姊，妳覺得呢？」

「由你安排吧。」袁婉芝看了鄧山一眼，頓了頓說：「他實力很難說，說不定已經不低了。」

「喔？」康禹奇說：「我當時曾和鄧山略做過招，確實是挺有天份的……」

「不過副執行長和他過招，聽說是半個多月前的事情了？」袁婉芝笑說。

康禹奇訝異地說：「芝姊的意思是，他這段時間又頗有不同嗎？」

「嗯，這我可就不清楚了。」袁婉芝聳聳肩，莫測高深地說。

這兩人不輕不重地閒扯，鄧山根本沒聽在耳裡，如果要等到這兒的十一月底，豈不是還要等一個多月？鄧山越來越不高興，自己雖然有還債的心態，卻不是任人使喚的個性，這傢伙……把自己當成什麼了？

# 異世遊

## 我可不是六階的水準

鄧山心中不爽，情緒相連的金大馬上不大好過，他忍不住說：「不過是資格試而已，別說我出手了，只要我多和你過招兩天，你自己都能取得資格，有什麼了不起的。別跟他客氣，跟他說你要回家！然後一定會拿到資格。」

鄧山聽了，微微一怔說：「可以嗎？」

「這是較技比賽，只是比招式耶！不比內氣的耶！你當我是誰？我可打了五百年的架！誰怕誰呀？」金大意氣風發地說：「要不是得拖拉你的身體，會慢上一分半分，就算是打到十階、打到頭銜資格賽，也沒什麼奇怪的，資格考算什麼，一階、二階、三階、七、八階都沒問題啦！」

「是有幾階啊？」鄧山訝然說。

「十階。」金大說：「以現在的狀況，靠著黑焰氣的威力，能玩到八階吧。」

「八階賺的錢就夠還債了嗎？」鄧山又問。

「很夠了啦。」金大說：「六階以上，每場收入都超過三十萬，越高越多。以八階當例子，每月平均該有兩場比賽，贏一次就是百萬谷幣，一年半載就還清了。」

那自己還客氣什麼？鄧山可是小業務一路打滾幹到業務經理的人物，知道自己有多少籌碼，自然知道該用什麼態度談判，何況這次牽涉到能不能回台灣。鄧山心念一定，注意力轉回，只見康禹奇和袁婉芝還在高來高去地對話，於是插口說：「不好意思，康副執行長，我有一點想法。」

「喔？」兩人都有點意外，康禹奇目光轉過說：「你說。」

「因爲意外，我讓貴企業有了損失。」鄧山臉色一整說：「我願意以諸位選擇的方式，配合進行，彌補這個損失，但……這並不代表對各位的安排，我就都沒有意見。」

這話一說，康禹奇只是微微一皺眉，但他身旁兩個青年已經臉色一變，同時站了起來。康禹奇左手一揚止住兩人，那兩人一怔，對望一眼，這才慢慢坐了回去，康禹奇才說：「你繼續說。」

「我和諸位一樣，希望能讓企業的損失早日回收，既然十月底有一場資格試，我十月底就回來參加，而且會順利取得資格。」鄧山說：「之後只要是該有的比試，我一樣會回來參賽……除此之外，我不以爲我需要待在這個世界。目前，我自信還會持續進步，暫時不需要拜師，如果日後有需要，那也是日後的事情。」

「你倒是很有自信。」康禹奇這幾個字說得十分緩慢，看不出來他是不是生氣。

鄧山雖然摸不透康禹奇的個性，不過在商場上，如果搞不清楚對方個性的話，就別想靠花言巧語，拿出實力就對了。鄧山一揚眉，微笑說：「副執行長如果不放心，大可找人測試看看我的能耐，相信你不會失望。」

「這話說得好。」康禹奇似乎頗欣賞地一笑，站起身說：「確實該試試，走吧。」

眾人起身時，袁婉芝訝異地看了看鄧山，彷彿看著一個陌生人；鄧山自然知道自己的變化，也只能回以苦笑。這個世界，不明白的事情太多，鄧山一直以來，都用很保守、收斂的方式應對，反正他個性也是得過且過、隨遇而安，但是對方干涉太過，到自己無法忍受的程度，也只好爲了爭取權益而開口。

鄧山本身並不喜歡這種充滿銳氣的言語過招，所以當年會離開衝鋒陷陣的業務生涯，卻並不代表他辦不到，此時逼不得已重作馮婦，總還算是駕輕就熟、寶刀未老。

走出客室，對門就是演武廳，從這兒就可以看出兩個世界明顯的不同。在這兒，整大片空間，居然沒有一根柱子，這裡是高樓中間的一層，上下都沒有可以散開壓力的拱形，眞不知道是用什麼方式建造而成的？

演武廳中，楊門主正坐在一旁，裡面數十名門人身穿相同的服裝，各自做著不同的練習。有的一個人在角落、也有人兩兩過招、有人空手、有人使劍，眾人動作迅捷有力，喝叱聲從各處不斷傳出，看來十分有精神。不過，正中央一個長寬約二十公尺、畫著線的空間，卻是空了出來。楊門主見到眾人走入，招呼說：「諸位來這兒坐。」

眾人走到楊門主身旁時，楊門主接著說：「江良、志偉，你們兩個練一趟。」

目光轉過，只見那空間兩側不遠，同時站起一人，他們和其他人一樣穿著這兒的制服，但是裡面卻套著一件黑色緊身衣，不只高到喉頭，連手腳都包裹住了，乍看之下，有點像鄧山當初去找金靈時穿的服裝。

「那就是比賽用服。」楊門主說：「我們會定期讓他們依比賽的模式練習，這樣上場才有好的發揮。」

那兩人各拿著一把金光閃閃的長劍，走到場地兩側，先向著眾人行了一禮，跟著轉身相對施禮。此時康禹奇搶先一步說：「且慢。」

兩人一怔，轉過頭來，楊門主也訝異地說：「康副執行長……？」

「鄧山還不清楚諸位的能力。」康禹奇微笑說：「我想讓他換上比賽服，直接上場過招，讓他知道……這兒有什麼值得學習的地方，可以嗎？」

楊門主一愣說：「他不是初學者嗎？」

「楊門主別當他是初學者，好好讓他體會一下較技比賽的嚴苛。」說到這兒，康禹奇轉頭對鄧山一笑說：「鄧山也是這麼期待的，對嗎？」

鄧山站起身來，對楊門主說：「副執行長說的沒錯，我也希望有機會試試。」

「這樣啊……小孟。」楊門主喊了一聲，一個十五、六歲，看起來頗精靈的小夥子急急忙忙奔了過來，楊門主說：「你帶鄧先生去換上比賽用裝。」

「好。」小孟點點頭，望著鄧山說：「請隨我來。」

兩人走到一間更衣室，小孟指引著鄧山換上比賽用服，然後在門外等候。鄧山脫掉外衣，套上衣服，發現這果然和上次那套緊身衣挺像，也一樣有彈性又舒適，只不過稍微厚了一點點。穿上之後，鄧山模仿那兩人的穿法，再度套上長褲和外袍，正要出門的時候，金大突然說：「這兒是練劍的？」

「好像是。」鄧山說。

「沒看到有棍。」金大說：「難道要我用劍法？」

「我不知道，你可以嗎？」鄧山說。

「用劍一樣可以發揮。」金大說：「只是如果你想打到八階，還是要用棍法，才不會被人看穿功夫的來歷，現在用劍，以後用棍，沒問題嗎？」

「唔……」鄧山呆了呆說：「好像挺難解釋的。」

「我還以爲你都能編出適當的謊話呢。」金大說：「不然，拿那支棍出來吸水好了？」

「這……」鄧山嘆氣說：「更難解釋吧？」

「你決定囉，反正我負責打架，你負責說謊。」金大撇清。

「出去問看看，說不定有棍。」鄧山決定說：「沒辦法的話，就先用劍了。」

鄧山走出房門，看小孟一副很羨慕的樣子，鄧山點頭說：「我好了。」

「您是門主準備要收的新門生嗎？」小孟說：「眞好。」

「好像也不能這麼說。」鄧山有點訝異地說：「你不是嗎？」

「我不是。」小孟說：「沒有和金靈合體的，不算門生。」

「喔……」鄧山說：「那你留在這兒，學得到東西嗎？」

「門主偶爾會點撥一下。」小孟尷尬而羞澀地笑笑說：「一些師兄好心也會教。」

「嗯……」鄧山說：「你也是想去參加較技比賽的嗎？」

「對呀對呀。」小孟說：「我家還在存錢，沒買到金靈之前，無法成爲正式門徒，更沒法去比賽。但要是我十八歲前還沒買到，就只能去學神法了。」說到這兒，小孟露出了一點擔心的神色。

這世界想練內氣還眞是麻煩……鄧山有點感慨，不知道該說什麼。

一個二十歲左右的年輕人突然探頭過來，皺眉說：「小孟，你纏著客人幹什麼？快過來吧。」看樣子是被叫來催人的，他不敢責怪鄧山，所以把氣出在小孟身上。

「我們走吧。」鄧山讓小孟先走，自己跟在後面。

「鄧小兄弟。」楊門主的大嗓門迎接著走出轉角的鄧山，他臉上帶著笑容說：「你想用什麼武器？到那兒選一把。」

鄧山目光隨著楊門主的手轉過去，看到一角有個兵器架，上面果然掛了高高低低、長長短短好幾把劍，雖然也有其他幾種武器，似乎就是沒棍。鄧山看啊看的，突然看到一支紅纓鎗，孤伶伶地立在後方。鄧山心中一喜，金大已經先說：「對，用那個，有大半的招式能用。」

鄧山拿起紅纓鎗，稍微比了比，這把鎗連鎗尖，長度大概兩公尺半，對長短棍都練過的金大來說，不是問題。

「如果把鎗尖扭掉，就更像棍了。」金大說。

「別得寸進尺了。」鄧山忍笑，當下拿著鎗回頭說：「我用這個。」

「原來鄧小兄弟喜歡用鎗？」楊門主指著一台有著很大數字表的機器說：「先運運內息，測試一下衣服的計量效果。」

「運多少？」鄧山在心裡面問。

「你能運出的最大量還不到三千啦。」金大說：「放心運。」

「眞的嗎？」鄧山吃了一驚說：「這樣你還有把握贏到八階？」

「以後啦，反正要到八階還要一段時間。」金大說：「你每天都進步很多，沒幾天就會超過了。」

「喔……」鄧山這才安心了些，運出內氣，只見那機器的數字快速跳動，瞬間跑到兩千出頭，跟著上上下下晃來晃去；鄧山又加了一點力道，很快地，數字直奔兩千五。鄧山再加運力道，數字往兩千七、兩千八奔去，不過漸漸地數字上下不大穩定，不斷變化著數值。

「哈哈哈。」楊門主笑著說：「鄧小兄弟，怎麼樣維持在最接近三千的數值，可也是一門技術喲。」

「是。」鄧山收斂回內氣，尷尬地苦笑了笑。

「聽副執行長說，你還不熟規則，我跟你簡單解釋一下。」楊門主說：「禁止攻擊頭部，違者取消資格。武器攻擊到對方身上任何部位得一分，攻擊到要害得兩分。內氣超出三千一次扣一分，因此獲得的分數也不計算；如果超出四千，視爲故意破壞規則，直接取消資格。兩方總分相差三分即結束比賽……至於比賽時間，這因階數而有不同，因爲我們是練習賽，二十分鐘爲一場，一分結束比賽。其他細節，有遇到再詳說吧，還有什麼問題嗎？」

「武器攻擊到對方身上……不會受傷嗎？」鄧山說。

「三千以下的能量，這衣服一般來說承受的了。」楊門主說：「當然，比武用的武器也不會特意打磨銳利，基本上應該不容易傷人。」

鄧山摸摸鎗尖，果然是鈍的，心安地說：「那我知道了。」

「放心，我們不會傷到你的。」楊門主笑說。

「喔……」鄧山只好說：「謝謝。」

「加油吧！」

鄧山望了望在旁觀戰的康、袁等人，他們似乎正饒有興味地觀看著自己……目光一轉，鄧山突然看到一個身著貼身勁裝的短髮女子，正坐在袁婉芝身邊，一面低聲說話，一面瞥了自己一眼，隨即又轉回去，似乎沒什麼興趣。

那女子身材嬌小，長相清麗，小小的臉蛋卻有著一對大眼睛，最特殊的卻是髮型。她留著自己世界很少有女孩會留的小平頭，耳旁和後腦勺都剃個精光，只有頂上留個一分長，一根根豎立著，襯托得她那清秀嬌小的臉龐更加醒目。這種造型十分特殊，鄧山忍不住多看了兩眼……她看起來像是和袁婉芝很熟絡，可能是組織裡的人物，卻不知怎麼這時候才出現。

該上場了。鄧山回過頭，學著對面那人的動作，對外面行了一禮，再相互施禮，跟著走入場中。

一入場，那人一聲不吭，長劍一甩，突然大步欺近，銀光耀目之間，長劍揮灑而下。

若非金大早已接手，鄧山恐怕這一招就已經落敗，他根本不知道行禮入場之後就代表開始，此時只來得及把內氣運出，其他只能看金大的了。

還好金大百多年前早已打過不知幾場，對這場子熟得不能再熟。他帶著鄧山身子往旁一彈間，鎗繞身加速穿刺而出，左右手錯位互換的瞬間，雙手一震，飛竄的鎗身猛然抖出鎗花，彷佛神龍遊天一般，一面變換方向，一面向著對方刺去。

那人吃了一驚，長劍迴旋要格，但長鎗如此一震間，鎗尖方位盤旋難辨，只能往鎗身招架。就在劍與鎗身相會的一剎那，鄧山身隨鎗走，握著鎗尾的左手突然轉握爲拍，右手支著鎗身一旋，配合上對方的揮擋，三股力道加在一起，長鎗猛然一個迴旋，棍身啪地一下砸在對方腰間。那人立身不定，驚呼中往後飛摔三公尺，站不起來，連長劍都甩到一旁去了。

「金大！你……出手太狠了啦。」鄧山連忙扔下武器，奔過去扶起那人，一面連聲說：「我失手了，對不起。」

那人先是呆在當場，過了好片刻，臉色轉爲難看，但又似乎不好意思拒絕鄧山的攙扶，只勉強讓鄧山扶起，隨即輕輕甩開，轉頭走下場。

「哎呀，太久沒比這個，太興奮了。」金大說：「我下次輕點、輕點……」

「只要剛好贏就好了啦，不要這麼惡劣啦，居然把人打飛。」鄧山囑咐。

「知道知道。」金大說。

鄧山這時才有時間轉頭，只見周圍一片寂然，每個人停下手上的動作，望著場中的自己。而楊門主那兒，康禹奇、袁婉芝等人，臉上的神色更是難以形容；至於那短髮的古怪女子，目光中露出好奇的神色，也正上下打量著鄧山。

鄧山走回去，撿起鎗，站起望望，見四面沒人說話，只好走出場，眼睛又轉了轉，怎麼還是沒人說話？那自己該走更遠一點嗎？

好不容易楊門主才回過神，他有些尷尬地笑說：「眞是有威力的一鎗。」

「其實那是棍法。」得意的金大在鄧山腦海中聒聒叫。

「有其他更適合和他練習的人嗎？」康禹奇悠悠地說了一句。

「這……當然有。」楊門主打個哈哈說：「賴宣泉，你試試吧。」

一個高瘦青年從人群中站了出來，點點頭說：「是，師父。」

那賴宣泉正要走入更衣室，康禹奇站起說：「更換衣服浪費時間，相信楊門主的子弟對拿捏內氣一定頗有心得，不如就這樣比吧……鄧山，別人沒穿防護衣，是讓了你，可別得了便宜還賣乖，眞的打傷人。」

「一個初學者能打傷我嗎？」賴宣泉臉色一沉說：「我倒也覺得穿衣服有點麻煩。」說完一躍彈到場邊，等鄧山上場。

鄧山在心裡暗罵，康禹奇那話其實是找自己麻煩，不只讓對方有機會使用超過三千值的內氣，還逼自己在打到對方之前得收力。更絕的是，對方聽到，還以爲自己有心來踢場子，此時正一個個都凶神惡煞地看著自己。

「不怕、不怕。」金大說：「這人不是高手，三千、四千、五、六千，差不多都那樣，比的還是招式精妙，不用爲此擔心，只是打到之前要收力比較麻煩。」

「乾脆打個不贏不輸好了。」鄧山說：「可以嗎？」

「好啊，可以過癮地玩二十分鐘。」金大表示同意。

鄧山只好再度上場，兩方行禮如儀之後，鄧山剛踏入，對方便一個高躍，身劍合一地直穿過來。

金大帶著鄧山，揮舞著鎗花，邊閃避邊攻擊；至於勁力的拿捏，因爲兩人配合已久，加上鄧山對這套棒法也頗熟稔，無須金大呼喊，鄧山已大概知道不同時刻應用的勁力。但也因此，鄧山並不能自己胡思亂想，放著讓金大去打，一樣要十分注意兩方彼此使用的招式，對經驗不足的鄧山來說，這個過程也是頗有收益。

既然約定了要打個不勝不敗，金大抖擻精神，繞著對方接招化招，當對方招式滯礙之際，不能趁機而入的金大閒著沒事，還甩出幾個花團錦簇的鎗花，繞著對方亂走，讓對方更是頭昏眼花。鄧山不久之後發現，忍不住罵：「別亂玩，你這愛現的傢伙。」

「喔……好啦。」金大只好收斂些，一板一眼地和對方過招。

二十分鐘，說快不快說慢不慢，不斷偷看時間的鄧山，發現時間已經接近，不過好像沒人要出來主持公道。鄧山只好對金大說：「我們退出場吧？」

「退出場就算輸耶，不幹。」金大說。

「唔……」鄧山正爲難間，突然那計量器叫了一聲，原來還是有在計時。

金大此時也不用鄧山囑咐，滿天鎗影一收，彈身間站回入場前的位置；而那位賴姓青年還有些迷惑地在場中舉著劍，不知道發生了什麼事情。

「宣泉，下去吧。」楊門主臉色頗難看，他望望康禹奇，似乎又不敢說什麼埋怨的話。

「如果沒有其他人適合的話，今天就先到這兒。」康禹奇站起身說：「鄧山，去把衣服換下吧。」

「等等。」通向更衣室的那條通道口，立著一人微笑說：「我換好衣服了，讓我試試。」

那是個看似四十歲左右的壯漢，身高體寬，手長掌大，渾身肌肉賁起，十分雄壯。他身後背著一把無鞘大劍，正對著鄧山笑咪咪地說。

「裕法？」楊門主似乎吃了一驚，訝然說：「你什麼時候到的？」

「不久，剛大家都在看比賽。」裕法微微一笑說：「我就進去換衣服了。」

「這人……」楊門主似乎有點遲疑，不知該不該讓這人上去比賽。

「楊門主不介紹一下？」已經站起的康禹奇，微微一揚眉說。

「這位是……我師弟，邱裕法。」楊門主說：「裕法，這位是睿風企業執行長夫人與康副執行長。」

「久聞大名。」邱裕法只是隨意點點頭，跟著望向鄧山說：「那位小兄弟呢？」

「他叫鄧山……」楊門主頓了頓，有些不滿地說：「康副執行長說他是較技比賽的初學者，還說沒練過功夫……」看樣子他是認為康禹奇騙了他。

「很客氣。」邱裕法呵呵一笑說：「幾階了？」

「聽說還沒考資格試。」楊門主說。

邱裕法微微一怔，旋即哈哈笑說：「想一鳴驚人嗎？來，我們試試。」

「邱兄似乎對較技比賽挺熟悉的？」康禹奇含笑問。

「不敢當，只到六階，上不去了。」邱裕法一揮手，轉頭望著鄧山笑說：「小兄弟，打是不打？」

「那鄧山就和這位高手試試吧。」康禹奇倒是又坐了回去。

「打！打！打！」這樣叫的當然是金大，鄧山可爲難了，六階耶！打贏還得了？又沒獎金。

鄧山對金大說：「打打裝輸好了？」

金大悶悶地說：「裝輸得挨揍，挨揍會痛，你痛當然不舒服，然後我也不舒服，最好是不要。」

「不贏不輸呢？」鄧山問。

「打看看才知道。」金大說：「面對高手，有時候不能隨便收手的。」

「試試吧。」鄧山嘆了一口氣，對著邱裕法行禮說：「請指點。」

「別客氣。」邱裕法到了對面，兩人行禮之後，同時緩步走入。

他倒不像前兩個青年，一入場就死命奔來，他緩緩舉起巨劍，用雙手持握，橫立胸前說：「上吧。」

只見斜握紅纓鎗的鄧山，左右虛晃之後，欺身而上，竟是大違常理的人走鎗留、人在鎗前；而邱裕法也不貿然揮劍，劍尖向著鄧山的來向虛點，似推未推。

此時鄧山鎗從左腰之後竄出，直射巨劍尖端。邱裕法似乎看出厲害，扭身間往前旋進，巨劍錯過鎗身一振，偏開了紅纓鎗，順勢往前，撞向鄧山前胸。

「這人拿的傢伙好重。」金大一面換招閃身，一面抱怨說：「較技比賽遇到肌肉男，武器交錯有時會小小吃虧。」

鄧山猛然省悟，內氣限量的時候，多這幾十百斤蠻力，卻也不無小補；如果兩方實力懸殊，當然影響不大，但如果勝負只在一線之間，可就佔了便宜。

「他對金靈體悟沒到那個水準，其實拚力氣也不怕。」金大又說：「不過這樣顯不出手段，看我的。」

金大不再和對方武器接觸，彈打點戳不斷變招，把紅纓鎗使得像條靈蛇般在兩人之間吞吐盤旋，迫得邱裕法連退了幾大步，他才得意地哼聲說：「我可不是六階的水準！」

「別……別太衝動。」鄧山連忙說。

「喔，又忘了。」金大一錯手，放了個虛招，讓邱裕法喘過氣，揮劍逼了回來。

兩人交換了這幾招，金大已經有了把握，一面對鄧山說：「他是六階裡的肌肉男，比較好應付，要打個不輸不贏比較容易，要是換一個擅於招式變化的六階高手，就比較沒這麼好拿捏了。」

「這人好像不錯，不要做得太明顯了。」鄧山說。

「知道啦。」金大說：「這場感覺挺不錯的，太快結束，我也覺得可惜。」

「嗯……」鄧山說：「這樣就好。」

「你是很替人著想啦。」金大突然說：「但剛剛那個打二十分鐘的，現在可能更氣你吧？」

鄧山微微一怔，自己這場能和六階高手爭鋒，剛剛那賴姓青年自然知道自己是相讓……這下可有點糟糕。

「所以我上一個共生者，想法和你完全不同。」金大說：「他認爲全力以赴就是對對方的尊重了。」

「你說的有道理……」鄧山說：「但還是不能像第一場那樣，一招就把人打平，太不給人面子。」

「那次是不小心啦。」金大笑說：「既然你也認同，這場我就讓他漂亮地輸掉吧？」

「呃……」鄧山還是有點拿不定主意。

「不然，萬一等等冒出個七階的又打平手，這六階肌肉男一定會恨你。」金大開始恐嚇。

「這……」鄧山說不過金大，只好說：「好吧……但是剛好贏就好，不要贏太大。」

「太好了！」金大開始灑開滿天棍影，一面還在嚷：「我不會讓他太難看的。」

金大這一施展，邱裕法左支右絀地，漸漸應付不來，不斷往後退，眼看再退兩步就要退出界外。邱裕法不管三七二十一，一劍當胸直點，身隨劍起，以劍護身，向鄧山胸前衝來。

「有人拚命了。」金大興奮地說，一面帶著鄧山軀體飄起，橫鎗在鄧山和巨劍之間，一路擦了過去。兩方這一衝錯，紅纓鎗尾倏然輕點了邱裕法肩頭一下，鄧山也飄落在他身後。

這樣的接觸又快又輕，除了當事人，一般人根本看不出來勝負。金大飄落之際，一面對鄧山說：「還不說幾句場面話？」

此時邱裕法正迅速回頭，臉上還一副難以置信的模樣。鄧山連忙說：「多謝大叔指點，我們暫且到此爲止，如何？」

邱裕法回過神來，苦笑搖了搖頭說：「你……這是什麼招式？」

鄧山有點尷尬，正要回答，康禹奇已經搶一步笑說：「邱兄，這就不對了，這種個人隱私的事情，怎好在這場合談論？」

「是我不對。」邱裕法嘆了一口氣，走下場，對楊門主說：「我今天本是來找你喝酒的。」

楊門主苦笑著，似乎也不知道該怎麼面對。

「去換衣服吧。」康禹奇對鄧山說：「你已經超過了我的期望。」

爲了達到這目的，犧牲的可不小，鄧山心內暗暗嘆口氣，走入更衣室。

不久，眾人在身後一群不怎麼友善的目光注視下，走出了這「楊門武學技術研習中心」，站在櫃台前那等候區。至於那櫃台小姐此時早已不見蹤影，也不知是不是哭著回家去了。

眾人在這兒停下，是因爲鄧山、袁婉芝必須搭乘電梯離開，康禹奇等三人卻只要走出陽台，即可飛行而去，但是事情似乎還沒交代完畢，這麼分手似乎又不大對勁。

康禹奇回頭看看櫃台那兒，微微一笑說：「我們在這兒該不大受歡迎了，我和你們一起到屋頂去吧，看看之後該怎麼安排。」

眾人走入電梯，直上頂樓。走到空無一物的大樓泊場，此時上方停了兩台飛艇，也不知道分別屬於誰的。除了原本的五人之外，那個造型特殊的短髮美女也跟著眾人走上來，她那雙大眼，沒事就突然看鄧山兩眼，那視線不像友善、不像好奇，反而比較像是在打量著什麼，看得鄧山心裡頗不對勁。

不過，一直沒人要介紹那名女子，鄧山也不好主動詢問，只好裝作沒看到她。

在頂樓站定，康禹奇沉默了片刻，才對袁婉芝說：「芝姊，妳有沒有什麼看法？」

「我說過了，這事由你做主。」袁婉芝緩緩說：「不過，今天鄧山算是表現了他的能力，讓人很替他高興。」

「芝姊說的是。」康禹奇目光轉向鄧山說：「你確實沒有自誇，按照道理，我沒有理由拒絕你回去的要求。」

這樣就好了。鄧山今日得罪了一大票人，就只是爲了想回家而已，如果這樣還不讓自己回去，那除了翻臉之外，還眞不知道可以怎麼選擇。

「你當然有你的自由選擇權力。」康禹奇說：「不過，不管你怎麼想，對我們企業來說，你暫時還是我們的重要商品，我們不能讓你有任何意外。至少……要保證身旁有人可以立即回收金靈。」

鄧山聽了眞是無言以對，這人會不會說得太直了一點？不過話說回來，要是自己當眞出了意外，金靈又被人撿去合體，卻不知道金大和金二會先分開，還是會直接這樣合體下去？

「該會在昏迷脫體的同時分爲兩個。」金大說：「別想這個，麻煩你不要隨便死，可以嗎？」

「你以爲我很想死嗎？」鄧山沒好氣地回了一句。

康禹奇沉吟了幾秒之後說：「這樣吧，我會讓你回去，但是要有人跟著你……修練神法的，去了也沒有用處……芝姊，妳覺得呢？」

袁婉芝明白康禹奇的用意，她點頭說：「我那兒調兩個人來沒什麼問題，不過好手幾乎都正忙著，那就只有找……」

「不是說月底回來資格考嗎？」那個短髮女子打斷袁婉芝的話說：「只是七、八天的事情？」

對她突然開口，眾人似乎都有點意外，不約而同地望著她。袁婉芝微皺眉說：「每月月底資格考，前一天得先回來報名，所以十月三十號要回來，七天吧。」

康禹奇也含笑說：「若青小姐有什麼意見？」

「那簡單。」若青小姐望了望鄧山說：「這七天我看著他，順便去看看那個世界。」

「怎麼可以？」袁婉芝板起臉來說：「若青，妳一個女孩子……」

「媽。」若青不很客氣地沉著臉說：「妳把我當小孩子？有沒有搞錯？」

這女孩是芝姊的女兒？也就是說，是執行長的女兒？仔細看去，這兩母女眉宇之間似乎還眞頗有點相似，只不過這作女兒的目光看起來銳利多了，有點凶悍，稍減三分美色。不過，不管她長得如何，她對她娘還眞挺不客氣的，鄧山頗不欣賞爲人子女者用這種態度對待父母，對她的第一印象便有點差。

袁婉芝似乎不知道該說什麼，頓了頓才說：「妳自己也有工作啊……妳帶的另外一隊隊伍……」

「那只是小事，交給副隊長就好了，其實我之前已經和執行長商量過幾次。」若青小姐頓了頓說：「康叔叔交給康倫運作的小隊，成本低廉，但捕捉金靈的效果卻一直不錯，雖然說近年來有降低產量的趨勢……執行長依然很肯定康叔叔當年的遠見。」

「不敢當。」康禹奇微微一笑說：「原來若青小姐和執行長討論過此事。」

「康叔叔千萬別誤會，若青不是想干涉您的運作。」若青一笑說：「只是覺得那個世界的人們該還可以更多方面地運用……比如說……直接從那世界吸收修練內氣的人才，從其中選出優秀者和金靈合體，以補充我們欠缺的能力等等……後來發生了鄧山的事情，執行長就要我先稍做了解，再做決定。」

若青小姐目光轉向鄧山說：「雖然從多方面的資料看來，鄧山先生似乎和一般合體者有相當大的不同，但仍然值得參考。既然恰好有需要，我就和他去那世界七日，一面做點觀察，一面看看康倫那小公司是不是能做點調整……康叔叔，我能運用一點資金嗎？」

「沒問題。」康禹奇一笑說：「我會吩咐康倫，妳儘量用就是了。」

「據我了解，那兒的資金已經累積得挺不少了。」若青沉吟說：「只是沒有人用心去運作……這事等我去看看狀況再決定好了。」

看來自己那個副董事長應該做不長了，鄧山頗訝異地看著眼前這女孩，還眞有點女強人的架式，不過如果執行長是她父親，她爲什麼也以執行長稱呼？

「若青。」袁婉芝到這時才有辦法插嘴，她緩緩說：「那世界不容易修練內氣，如果妳要帶一群人到這兒修練，事情的複雜度會提升很多。」

「這一點我在資料上有看到。」若青一笑說：「不過，還是要實際去看看才知道。」

「我還以爲妳是來找我的，原來是……」袁婉芝有點索然地說。

「媽。」若青皺眉說：「妳別這樣，我當然也是來看妳的，只是剛好有需要，我就跑一趟啦。」

康禹奇微微一笑，打岔說：「既然若青小姐願意擔此大任，叔叔就放心了；芝姊、若青小姐，我還有事情要忙，先走一步了。」

「康叔叔再見。」若青說：「媽，那我帶他走囉，妳先休息幾天吧。」

「若青。」康禹奇領著手下飛離的時候，袁婉芝看了鄧山一眼，低聲說：「說眞的，妳一個年輕女孩子……這樣做實在是……」

若青似乎生氣了，不耐煩地一跺腳說：「不跟妳說了，眞是有毛病……鄧山！跟我來。」叫到自己了？鄧山眼睛在這兩母女間轉了轉，聳聳肩，跟著若青往飛艇走。

「鄧山。」袁婉芝卻突然叫了一聲：「來一下，我交代你幾件事。」

鄧山停住腳步，只聽若青沒耐性地說：「嘖！快一點，我在上面等。」

「鄧山。」袁婉芝走近，低聲說：「那是我女兒，叫余若青。」

「是。」鄧山說：「長得和芝姊挺像。」

「但個性很不同。」袁婉芝說：「她很好強，但其實很脆弱，你多幫我照看她一下。」

「她很脆弱？」鄧山臉上難免露出不信的神色，想了想才說：「我們那邊治安其實還好，該不會被人欺負的。」

「我不是說這個。她練功倒是挺有天份，內氣修為早已遠高於我，因此才有資格去帶領另外一組隊伍……和我完全不同。」袁婉芝說：「她有時不大懂得怎麼變通，處理事情硬梆梆的，可是心地其實很好……讓她一點好嗎？」

該拜託她多讓讓人才是眞的吧？鄧山正不知道該不該這樣回話，余若青又從飛艇口冒了出來說：「說完了沒有啊？別浪費時間好嗎？」

「芝姊，我還是去吧。」鄧山苦笑了笑，和袁婉芝道別，登上飛艇。反正管她是不是不孝的母老虎，只要能帶自己回家，這飛艇是非上不可。

# 異世遊

## 帶我回你家吧

南谷大鎮自治區距傳送器所在的南墜島本就不遠，很快地，搭載著余若青和鄧山的飛艇到了那森林中的花圃別墅，飛艇也沒降下那地底空間，直接落在花園外。若青領著鄧山跳落飛艇，就往別墅走。

剛下飛艇，裡面四個人就迎了出來，有康倫也有張允，還有另外那兩名不知名的神使。他們看到若青似乎十分尊敬，奔過來行禮：「余隊長，歡迎歡迎。」

「康叔叔有通知嗎？」余若青腳步不停，一面向眾人點頭，一面往別墅直走。

「有。」康倫忙說：「等等我會和兩位過去，把相關權限做轉移，讓余隊長方便調度。」

「很好。」余若青轉頭對張允說：「張達者，我之前麻煩你的東西完成了嗎？」

「車子嗎？」張允說：「完成是完成了，但是……不知道怎麼運過去。」

「喔？」余若青皺眉說：「傳送區很小嗎，領我去看看。」眾人浩浩蕩蕩走到那小房間，余若青上下望望說：「還勉強可以放得下。」

「運不進來啊……還有運出去呢？」張允訝然說。

「把上面拆掉一面牆。」余若青揮手說：「這只是小事。」

「啊？」張允呆了呆，一時反應不過來。

「康倫。」余若青說：「拆這邊房子、放車子的事情先麻煩你，我和張達者還要討論一點事情，另外那邊等等由我拆。」

「拆房子？」康倫愣了片刻，才一臉狐疑地去了。

「張達者。」余若青走到工作區，一面說：「兩邊可聯繫共用的通訊器呢？給我一個。」

「喔，是。」張允連忙到處搜尋，找出一個類似當初給鄧山的摺疊手機，一面說：「鄧山也有一個。」

「又醜又大。」余若青皺眉說：「那兒通訊器都長這樣？」

「這種看起來比較普遍。」張允說：「不過，那兒也是一直在進步……我下次再找人找找新的機型。」

「嗯。」余若青說：「我有看到就順便幫你帶回來。」

原來那手機在這邊也可以用，也就是說，他們其實早就給自己通訊器了，只是自己不知道怎麼使用，回去都打開來研究一下好了。

「追蹤器呢？」余若青一指鄧山說：「給他帶一個，然後給我顯示器。」

鄧山本對余若青就有點看不順眼，見她突然惹到自己頭上，忍不住皺眉說：「帶那個幹嘛？」

余若青一怔，轉頭說：「這樣我才知道你在哪裡，安不安全啊。」

「謝謝妳的關心。」鄧山轉過頭，望著他處說：「但我的安全自己負責就可以了。」

「我有責任保護你。」余若青皺眉說。

「你們的追蹤器還包含竊聽功能。」鄧山冷冷地說：「也許這世界的人不懂什麼是隱私權，這方面倒是可以和我們學學。」

「唔……你……」余若青怔了怔，眉頭微皺地望著鄧山，似乎有點不知道該不該翻臉。

一旁張允眼見氣氛尷尬，兩人似乎要吵起來，他搓著手不知如何是好，好不容易想起一事，連忙說：「對了，還有余隊長要人送來的衣物，我去拿……」說完連忙溜走。

「好啦好啦，運進去了。」這時，康倫正好拍著手從傳送區的金屬門走入，一面笑呵呵地說：「我下次也要運一台過去，這樣就方便多了。」

鄧山與余若青目光轉過，只見那本來看似僕役使用的空房間，這時卻放著一台大紅色敞篷跑車，車身閃閃發光，十分醒目。

不過兩人只看了一眼，很快又轉回頭，誰也沒理康倫。余若青是瞪著鄧山，鄧山卻故意望向另一側，不與余若青目光對視。

康倫停了幾秒，終於也發現不大對勁，他抓抓頭說：「張達者呢？我去找他。」跟著也跑開了。

又是只剩下兩人，余若青終於緩緩說：「你決定不帶追蹤器？」

「當然。」鄧山轉回頭說：「難道妳會喜歡帶著這種東西？當初發現帶了這東西一個多月，妳知道我多生氣嗎？」

余若青停了幾秒，皺眉說：「我管你多生氣？不帶就算了。」回得好，大家誰也別理誰，鄧山也懶得管她了。

「康倫。」余若青突然揚聲叫：「好了沒？我們走吧。」

「好了好了。」康倫和張允從通道那兒的房間走出來，張允還提著一包衣物說：「余隊長，這是組織那邊幫妳送來的，聽說是妳選的衣服，還有一個皮夾，裡面有那世界必備的一些東西……」

「你們先進去。」余若青說：「我去換衣服。」她提起衣包，走入更衣室。

「鄧山。」康倫走過來吐舌頭說：「你居然敢和她吵架……你不知道她的凶悍多有名嗎？」

鄧山有點尷尬地說：「沒辦法，我不想再帶追蹤器了。」

「呃……」這下輪康倫尷尬了，他苦笑說：「我們當初也是沒別的選擇，否則很難判斷員工的個性。」

「過去就算了。」鄧山說：「再要我帶，我可受不了。」

「嗯……」康倫想想又說：「在那兒儘量別惹火她，這兒房子被拆了無所謂，那邊要是打垮屋子之類的，把事情鬧大了，不好遮掩。」

這女人會拆房子的啊？鄧山暗自駭異，剛剛自己這般頂撞她，看來在這組織裡是頗勇敢的舉動。

「你不換衣服嗎？」康倫突然說。

「啊……對！」鄧山連忙也奔去更衣，自己動作還得快點，要是比那女人慢，說不定又會被唸。

「你一直忘了藉著我去感應能量。」在更衣室中，金大突然說：「本想讓你自己發現的，但是過這麼久還是沒發現，只好提醒你。」

感應能量？鄧山才想到這個自己常常忘記的功能，最主要是鄧山一直沒習慣控制金靈部分，因爲金大一直控制著那部分，對鄧山全身不斷運入內氣，要是干涉他的控制權，反而會出問題。不過也因此，鄧山也就常忽略掉金靈部分擁有的這種感覺能力。

現在經金大提醒，鄧山體會著那股感應，果然感覺到另一邊的女子更衣室中，有一股能量在其中自然地呑吐，好像比自己強多了……

「你要知道，戰鬥和非戰鬥中差別很大。」金大說：「除非故意在體表激引內氣勃發，不然平常散出體外的能量並不大。她平常就有這樣的量，修爲已經不弱，如果和她衝突的話，這世界還好……到那沒有神能的世界，我卻有點擔心。」

意思是不能惹火這女人嗎？下次麻煩在自己惹她之前先說……鄧山快手快腳地換上原來的服裝。剛走出更衣室，余若青也正走出更衣室，她穿上一條描繪出腿形、露出修長小腿的五分牛仔短褲，上身是一件直裹到臀部的寬大毛衣，足部則套著普通的短襪與運動鞋。這些和一般路旁少女穿著差異並不大，看來不是很用心搭配，也不算太顯眼；比較特殊的是，她居然還戴上一頂假髮和墨鏡。

那是前額梳著齊眉劉海，其他部分長度只到耳根的常見髮型，不過這麼把額頭遮掉，加上那圓形墨鏡，本已經小小的臉蛋看起來更小了。鄧山看著裝扮起來有點嬌小的她，這才有種感覺——她畢竟也只是個女孩子，自己剛剛那樣會不會太過分了？

余若青目光掃過，看三人都望著自己，她倒不會不好意思，揚首哼了一聲說：「有什麼好看的？快走吧。」一面當先走入傳送區。

剛剛那一剎那，自己居然還有點不好意思？鄧山心中暗罵自己，把她當成需要照拂的女孩子，根本是不對的！紫光閃過，該是回到台灣了吧？隨著地板緩緩上升，鄧山也有點感慨，這一來一往就十幾天了，家人還好吧？語蓉還好吧？語蘭呢……是不是出國了？

「開這堵牆嗎？」余若青望望康倫，指著左側問。

「對。」康倫點頭。

「聽說這兒內氣可以散出體外用，我試試。」余若青吸口氣，走到牆前，輕輕扶著牆壁。

此時鄧山不用金大提醒，也藉著金靈的能力注意著，果然感應到余若青的能量從身上不斷往外發散，逐步擴張到牆壁周圍，感覺和牆壁的一部分結構牢牢結合起來，她這樣是……

鄧山還沒想清楚，余若青一推，砰地一下，一個寬兩公尺半、高兩公尺左右的區域，就這麼被她推倒，轟然摔到地面上。

還可以做這種事情喔？鄧山愣然間，余若青看著牆壁，皺皺眉轉頭上了車，坐入駕駛座，根本也沒聽到什麼發動引擎的聲音，車子倏然浮起，從洞口往外平滑了出去。

會飛的車子？鄧山愣在那兒，這樣不會太醒目嗎？

「真好。」康倫一面跟出去，一面羨慕地說：「我怎麼一直沒想到弄一台來。」

「上車吧。」余若青說。

康倫翻身一跳，自動坐入後座。鄧山別無選擇，只好坐到余若青身旁，心中一面在想，這東西如果就這麼飛到台中，今天晚間新聞就有得熱鬧了。

「篷頂、光遮罩……」余若青一面唸，一面望著前方儀表板，找到兩個按鈕按了下去。此時後方升起了硬式車篷，罩住車體，跟著鄧山吃了一驚，前方車頭部分居然似乎變成透明一般，雖然近距離仍能看出那兒有東西，卻感覺有點像是一個不會晃動的透明果凍一般。

整個車體都變這樣了嗎？鄧山四面望，看座位、車內裝飾等東西，依然還是原來的模樣，可是透過窗戶看到車體的任何一個部分，都變成這半透明的樣子。

「往哪兒飛？」余若青問。

「我還沒飛著去過呢……」康倫尷尬地說：「我想想看。」

「那邊。」鄧山可熟了，往西南一指。

「嗯。」余若青控制著「飛車」，向著西南方飛去。

這東西倒是飛得又快又穩，大概是把飛艇的動力系統改裝成這模樣，停車時方便掩人耳目。既然可以變透明，飛行倒是不怕被人看到了。

「康倫。」余若青說：「我建議公司資金做適當的投資、購買，然後藉著合併、拆散與販售等手段，讓利潤往上提升。這小島在這方面法令限制太多，也缺少這方面的人才，資金要往外轉。」

「好的，一切由余隊長做主。」康倫說。

「我知道你們兩個分別是董事長和副董事長。」余若青面無表情地說：「讓我當總經理，把組織規章改成總經理制就好了。」

「對了。」鄧山插嘴說：「我其實不用做什麼副董事長。」

「喔？」余若青說：「不做就不做囉，反正只是掛名的，不過既然有領薪水，也還是要有個名目比較好，副總或總經理特別助理如何？都沒意見嗎？那就特助好了。」

鄧山板著臉，已經不想再理會這個女人了。

余若青不管鄧山的表情，繼續對康倫說：「我們除了維持你們原有的運作之外，打算拿營利在全世界設立大量的孤兒院和養氣訓練中心……只有這小島有傳送區太不方便，應該多設立幾處。」

設立孤兒院？鄧山微微一愣，這女人是想做好事嗎？不大可能……想起不久前她對康禹奇說的話，鄧山有點心驚，莫非是想搞拐帶兒童的把戲？不過如果是這樣，也不用設立孤兒院這麼麻煩啊，直接去孤兒院偷不就好了，只要找幾個像她一樣的高手，偷幾個小孩還不是如探囊取物一般輕鬆？

總之，現在還不知道，但若他們真的違背天理，拐騙幼兒去那邊當他們手下，自己可是非得想辦法攔阻不可。

「因為這這種異世界空間孔，三邊科研委員會不認可，是非法的。」康倫說：「所以沒辦法到處設立，而且兩邊世界陸塊形狀差挺多的，適當的點不好找。」

「嗯……」余若青點點頭說：「就那個城市吧？你們公司在哪兒？」

「那個方位。」康倫指引著這飛車，從空中迅速越過車流眾多的車道，直穿入停車場入口，這才落到地面，解除了遮罩，打開篷頂，貼著地面一路「滑」向停車位。

三人下了車，鄧山連忙說：「我先回家去了。」

「等等。」余若青說：「先看看公司吧？我再送你回去。」

她這會兒怎麼突然客氣起來？不需要送自己啊……鄧山微微一愣，卻見她已經和康倫往前先行，到電梯前等著自己。鄧山又不好意思就這麼轉身走人，只好過去說：「我自己回家就可以啦。」

余若青微微皺眉說：「一起看一下公司吧。」

這話聽起來頗有三分商量的味道，從余若青口中出來尤其難得。鄧山心軟了些，嘆口氣，好吧，就陪這嬌蠻小姐看一下公司。

三人此時從九樓、十樓、十一樓、十二樓看過去，今日這世界是週六，也就是非上班時間，除了十二樓有四、五人留下來運動，也有兩名教練輪值，其他幾層似乎都是空的。

到了十二樓，鄧山看到幾張熟悉的臉孔，彼此都有點意外，不過能留到現在的，都是沉默寡言的人，看到鄧山雖然意外，卻也沒人跑來問候兩句。

鄧山回頭想想，這一週就是最後一週了，這些人一直留到這時候，代表已經都錄取了吧，之後就會開始去找金靈……卻不知道郭安卉現在如何？好久沒見到她了。

「所以十二樓是運動區，十一樓是餐廳，九樓和十樓是辦公室、個人運動房和面試用的大廳？」余若青又帶著兩人往下走，走入十樓四面望望說：「九樓和十樓的使用頻率不高，擠一擠都搬到九樓好了？」

康倫呆了呆說：「那十樓呢？」

「先打通，然後除了留間小客廳之外，其他隔出不同大小的……四間房好了。」余若青指揮著說：「最大的一間要這兒三分之一的空間，每間都把衛浴設備準備好，其他家具就先免了，由住房間的人決定。」

「余隊長打算住這兒？」康倫有點吃驚地問。

「最大的房間給鄧山住。」余若青說：「我反正不會常來，隨便都可以，這次可能來不及了……趕看看吧。」

「我？」鄧山呆了呆說：「我有地方住。」

「你是較技比賽的選手耶。」余若青瞥了鄧山一眼說：「我看過資料，你家不是很小嗎？要去哪兒練習招式？」

「呃……我可以來這兒練啊。」鄧山說。

「你不嫌麻煩嗎？」余若青皺眉說：「而且你家這麼小，我不想這幾天都住那邊。」

「什麼……什麼？」鄧山以爲自己聽錯了。

「你不肯帶追蹤器，我又有責任，當然得跟著你啦。」余若青理所當然地說：「等這邊弄好，我們就搬來。」

這女人一定瘋了，自己要是眞把她帶回去，語蓉發現自己家裡住著別的女人，不翻臉才有鬼……剛剛還以爲她轉了性子，卻是自己想錯了，她根本就是自行其是，毫不考慮別人感受。

「康倫，改建房子的事情，這兩天可以麻煩你處理嗎？也讓鄧山休息兩天。」余若青說：「這幾天先花錢讓工人趕趕工，到星期一，你再把我介紹給會計、公司相關人員，還有施工人員。」

「這兩天啊……」康倫苦著臉，似乎十分不願意。

「放心啦。」余若青對康倫扔過去一個小圓盒說：「那車子讓你開，你幫我聯繫一下就好了，其他時間還是可以隨時回去。」

「這就不同了。」康倫高興地接過說：「交給我吧。」

「就這樣啦。」余若青轉頭面對鄧山，側過頭嫣然一笑說：「帶我回你家吧，坐那個……叫計程車的東西嗎？」

看這好似天真的笑容，鄧山只能傻在那兒，不知該如何反應。

畢竟余若青是個女孩子，加上人生地不熟，第一次來到這個世界，總不能讓她一個人去住旅館？想來想去，鄧山無法可施，還是只能把她帶回家了。

下了車，乘著電梯往上時，鄧山心中一面計畫著，等把余若青安置好之後，得先打個電話告訴語蓉……家裡有女人的事情得先說清楚，不能等到她自己發覺，到時候會更難解釋。

鄧山在門前正要開鎖，金大突然開口說：「我得提醒你……」

鄧山現在學了乖，金大一這麼說，他的注意力馬上延伸出去，體會周圍的能量感應……嗄？屋裡客廳有人？語蓉嗎？

「不像。」金大說：「頻率感覺不大一樣。」

「喔？」鄧山安心了些，但又有點疑惑，自己家裡怎麼會有別人跑來？

「另外還有些奇怪的電波。」金大說：「這方面太細微，你該感覺不到，我也是因為有注意才會發現。」

「什麼電波。」鄧山說。

「就是不該有電波的地方卻有電波。」金大說：「電器旁邊或多或少都會有電波、磁波，但是一些不該有的地方有，或者太強烈超過正常狀況，就怪怪的。」

「那代表什麼？」鄧山問。

「比如上次那個追蹤器。」金大說：「我就是在你後腦那兒找到不該有的電波。」

「難道他們又在我房裡裝了監視器？」鄧山忍不住瞪了余若青一眼。

「不大合理，他們根本沒想到你會這麼快回來吧。」金大說。

「也對……那是誰幹的……」鄧山摸不著頭腦。

余若青看鄧山一直呆在門口前發呆，忍不住說：「怎麼不開門？裡面的是你女友吧？你先去解釋，我晚點才進去沒關係。」

鄧山一愣說：「你也知道裡面有人？」

余若青聳聳肩說：「周圍百公尺內，我有注意的話，很少有事情瞞得住我。」

「練內氣能練成這樣？」鄧山訝然問。

余若青隨便點了點頭，看鄧山仍在訝異，她皺眉說：「你以後也能辦到啦，別大驚小怪，快去快去。」一面往後退了兩步。

這樣嗎？鄧山拿起鎖匙，打開自家鐵門，裡面砰砰傳出跑步聲，一個人快速往門口奔來。

鄧山望過去，那人剛好轉出陽台，兩人一碰面，鄧山大吃一驚說：「語蘭？」

此人正是柳語蓉的姊姊語蘭，她穿著居家款的輕便長袖長褲，看到鄧山，哈哈大笑指著鄧山說：「阿山！你終於回來了！」

「是啊。」鄧山又驚又喜地說：「妳怎麼會來的？」

「我辭職了啊。」柳語蘭說：「再過半個月就要出國，出國前聽說你拋棄了我妹妹跑去出差，我就乾脆來陪她呀。不過她房間太小，我索性拿了鎖匙到你這兒來住，順便幫她監視你，看你有沒有偷偷帶別的女人回來。」

「這……」鄧山苦著臉，心中暗罵，就算是開玩笑……也不要說得這麼巧可以嗎？

「欸。」柳語蘭靠過來一步說：「你這小子終於開竅了？聽說那天把我妹弄得哭了一整天，然後又害她歡喜得睡不著，是發生什麼事情呀？我好想知道喔。」

「什麼……哪天……？」鄧山裝傻。

「那……你和我妹到什麼程度了？」柳語蘭又說：「居然把這兒的鎖匙和機車都交給了

她?還有,裡面那沙發是怎麼塌掉的,是不是你這小子把我妹……」

「欸、欸、欸……」鄧山慌忙搖著手說:「別胡思亂想好不好?」

「唉唷,我好想知道喔!」柳語蘭雙手握拳揮動著,一副激動兼認眞的模樣說:「我最好的朋友和我妹妹的八卦,我居然不知道!我怎麼可以接受?……我們都認識這麼久了,我保證不會跟我妹說,快告訴我!快啦!」

「咳……」門口傳來咳聲說:「鄧特助,你解釋好了嗎?」

啊……忘了外面還有一個在等,鄧山還來不及開口,柳語蘭已經一呆,目光往外望去。

「妳好,我姓余。」余若青走進來說:「原來妳是鄧特助女友的姊姊,柳小姐?還請多指教。」

「是……我是姓柳……妳是……」柳語蘭圓睜著一雙大眼,又好奇又意外地直看著余若青,跟著又看了鄧山一眼,一副「你還眞帶了女人回來」的表情。

「我是公司新聘不久的總經理。」余若青表情平靜,一派大方地說:「我剛從國外回來,一時沒地方落腳,加上有許多事情需要和鄧特助討論,所以乾脆請他讓我留宿幾日……再過幾天,公司應該就能幫我安排妥當,希望妳能幫忙向他女友解釋一下,不要誤會了。」

這話聽起來似乎言之成理,但是其中問題可眞不少,畢竟沒聽說過一個妙齡女子爲了討論公事，住到單身男同事家裡去的……而且這總經理的穿著……還眞是不像總經理啊……柳語蘭看看余若青之後，目光轉回鄧山，不禁露出懷疑的神色。

但這時鄧山也沒第二個選擇，只好點頭說：「是這樣沒錯，余小姐是我們公司的總經理，剛來到台灣。」

「阿山……」柳語蘭拉著鄧山退了幾步，似乎不知道該說什麼，只皺著眉慢慢搖頭說：「這……我實在……」

「妳不明白……這個……」鄧山情急生智，說：「我安置了她以後，本來是想這幾天待在語蓉那兒的。」

柳語蘭一聽，張大了口說：「原來這樣喔……」

總算找到一個說得過去的說法了，鄧山鬆了一口氣，一面裝出有點爲難的神色說：「不過我還沒跟語蓉說，不知道她會不會答應，還是妳幫我問問？」

「嘖嘖。」柳語蘭瞟了鄧山一眼，似乎想開他玩笑又不好意思多說，猛然用力拍鄧山肩頭一掌，才說：「你想得美哩，想佔我妹便宜的臭傢伙，我才不幫你問。」

現在的鄧山要是想閃，自然閃得過，不過挨這一掌也無傷大雅，還是挨好了。

柳語蘭打完之後，自己的手倒是挺痛的，她甩著手說：「你的皮怎麼越來越硬了……欸，怎麼還讓客人站在門口，余小姐……余總經理請進。」

余若青看看鄧山，又望了望柳語蘭，臉上露出笑容，帶著那衣包走進屋中。

一進門，三人眼前就是那個塌下的沙發椅，余若青訝然說：「這是什麼？」

「沙發……壞掉的沙發。」鄧山有點尷尬地說：「沒去買新的。」

「公司不是先撥給你五千萬了嗎？」余若青搖頭說：「不會買不起沙發吧。」

「什麼！五千萬？」柳語蘭瞪大眼睛：「台幣嗎？」

「這個說來話長……」鄧山胡亂揮手說：「我沒動過那筆錢啦。」

「哇，總經理特助就有這種身價喔？」柳語蘭望著余若青說：「那總經理豈不是……阿山！你們該去住大飯店的。」

「我也這麼覺得。」余若青聳聳肩，歪頭說：「可是鄧特助堅持要帶我回家……」

柳語蘭瞪眼的同時，鄧山忍不住大聲說：「欸……別亂開玩笑。」

余若青噗嗤一笑說：「對啦，柳小姐別認眞，我開玩笑的……對了，我住哪間房？」

「那間吧……」柳語蘭瞪了鄧山一眼，引著余若青去了。

這房子只有兩間房，柳語蘭和余若青各自佔了一間，還眞的沒有鄧山住的地方。此時余若青住的是鄧山父親來時居住的房間，柳語蘭則佔據了鄧山的房間。

鄧山回房間略做收拾的時候，柳語蘭則陪著余若青安置，只聽到柳語蘭突然驚呼說：「哇，余小姐拿下眼鏡好年輕喔，幾歲呀？」

「二十五。」余若青說。

「天啊。」柳語蘭大驚小怪地說：「阿山，你聽到了嗎？你們總經理才二十五耶，比我還小。」

鄧山敷衍回答：「是啊。」有什麼了不起，自己半天以前還是副董呢，不過她那樣有二十五？看來那世界的人看起來比較不顯老。

「妳從國外回來，英文一定很好。」柳語蘭對余若青說：「我好怕出國會適應不良呢。」

「唔……」余若青說：「英文……？」

「對啊。」柳語蘭一怔說：「啊，還是妳從歐洲回來的？」

可不能讓她繼續問下去，鄧山連忙叫：「語蘭！」

「怎樣啦？」柳語蘭跳到鄧山門前。

「我們總經理很累了，讓她休息吧。」鄧山說。

柳語蘭一癟嘴說：「你這話要是跟語蓉說，你猜她會不會生氣？」

「呃……」鄧山只好說：「妳脾氣這麼好，不會生氣啦。」

「哼。」柳語蘭走進房中，低聲說：「妳剛說要我幫你問語蓉，是說真的還是假的？」

住柳語蓉那邊的事嗎？鄧山會過意，尷尬地笑說：「我開玩笑啦，我自己去說。」

「還好，沒眞傻到家。」柳語蘭搖頭說：「這種話要我去問，我妹會答應才怪。」

「萬一她眞不答應怎麼辦？」鄧山苦笑說。

「那我只好把房間還你，去跟她擠囉，可是你和這美女總經理，這孤男寡女……」柳語蘭突然一瞪鄧山說：「還是你想睡我旁邊呀？」

「不敢不敢……那我睡客廳……」鄧山搖頭說：「我眞去她那邊的話，也是睡地板，妳別誤會。」

「眞的假的？」柳語蘭瞄著鄧山說。

「我說眞的。」鄧山說：「這次放假時間也不算長，想儘量多相處。」

「聽起來挺乖的。」柳語蘭點頭說：「好吧，可要好好對待我妹喔。」

「我知道啦。」鄧山說。

「其實……只要我妹肯的話，偶爾爬上床去也沒關係啦。」柳語蘭哈哈一笑轉身出去了。

# 異世遊

這也太狗血了吧？

「外面一個，這裡面也一個。」金大突然說。

「什麼？」鄧山愕然說。

「怪電波。」金大說：「你腦袋上面那個盒子是幹嘛的？」

鄧山抬頭望過去說：「火災警報器。」

「裡面有怪電波。」金大說：「你拆下來看看。」

「這裡面本來就有電流啊。」鄧山說：「你沒搞錯？」

「你去把客廳的也拆下來，還有另外那間房的都拆下來，三個一比就知道了。」金大說：「那間房沒有這麼強的怪電波。」

鄧山知道金大雖然有時候會嘻嘻哈哈地說笑，但也不會無事生事，只好照辦，不過這樣一來，自然引來余若青和柳語蘭兩人的注意，都跟到客廳，看鄧山在搞什麼。三個一比，果然，金大所說的兩個裡面，各多了一個奇怪的東西，一個小小的黑頭塑膠，連出一條電線，尾端是一個方型的小板子，上面一堆電路晶體之類的東西，另外還接上一個扁平的小電池。

「這什麼呀？」柳語蘭訝然問。

「我也不知道。」鄧山說：「只是……想檢查一下。」

看看那怪東西，又看看鄧山凝重的表情，柳語蘭突然一驚說：「這是……針孔攝影機嗎？

阿山？你在家裝這種東西？我在你這邊住了好幾天了耶……那我不是……你……」

「不是我裝的。」鄧山望了余若青一眼，搖頭說：「誰會無聊到裝在自己屋子呀。」

金大在鄧山心裡說：「不是她，那兒科技沒這麼落後，這是你這世界的產物。」

「到底誰裝的？」柳語蘭似乎眞的嚇到了，她說：「我們先去報警。」

「沒用吧。」余若青走過來，拿起其中一個說：「這種東西追查不出來的，鄧山，你得罪了誰？要這樣監視你。」

「不可能啊。」鄧山說：「我……以前生活很單純的。」

余若青皺眉一捏指，把兩個怪東西的電線搓斷說：「不毀掉，聲音和畫面還會一直往外送。」

也不要這麼直接顯示妳的蠻力……鄧山連忙留意柳語蘭，還好她似乎正在驚訝中，沒注意電線斷的方式很奇怪。

「你家居然有這種東西……」柳語蘭哇哇叫說：「糟糕，我都被看光了……」

「有這東西，你怎麼知道的？」余若青目光凝視著鄧山說。

「對啊。」柳語蘭回過神，板起臉說：「你老實說，怎麼知道的？你一定知道什麼……」

這可太難解釋了，鄧山只好說：「這種事情，我本來不想讓任何人知道的……但是現在沒辦法了，妳們一定要幫我守密。」

「什麼啊？」兩女異口同聲地問。

「我對電波有一點微弱的特別感應。」鄧山說：「只要注意的話，可以知道哪兒有不該有的電流留過。剛剛那兩個就是發出太強烈的電流了，所以我察覺不對勁，就拆開來看看。」

「在胡說什麼呀……」柳語蘭說：「我認識你八年了耶……怎沒聽你說過……」

「因爲很難解釋呀……這樣吧。」鄧山說：「你們可以測試我是不是眞的對電流有感應。」

「怎麼測試……」柳語蘭皺眉說。

「我來。」余若青突然說：「我現在身上有個地方，放有帶著電流的東西，你指出來。」

鄧山在心中問金大：「可以嗎？靠你了。」

「右後方的褲子口袋應該是通訊器。」金大說：「還可以順便告訴她，她那手提包上面的鈕釦，該有個類似追蹤器的東西……不過，這件事說出來，她可能會想找人算帳吧……」

鄧山愣了愣，這才說：「在妳右後方褲子口袋。」

「沒錯……」余若青訝異地望著鄧山，一面掏出了那個她曾嫌醜的手機型通訊器。

「那我也要試試！」柳語蘭奔回房中，不知道去拿什麼了。

鄧山想了想，還是走到余若青身邊，低聲說：「還有，去扭開妳手提包上的鈕釦看看。」

余若青臉色一變，看了鄧山一眼，轉身往房中走去。

過不久，柳語蘭奔了出來，她穿著長袖的兩手一舉說：「阿山，你看我左手還是右手掛著你那個電子錶？」

「在……左邊小腿上……你們這些人類真是愛騙人……」金大說。

鄧山忍不住想偷笑，搖頭一指說：「那隻蘿蔔腿。」

「可惡，誰蘿蔔了！」柳語蘭一跺腳，吃驚地說：「你還真的知道。」

此時，余若青也正沉著臉走出房間，看她臉色，應該是發現追蹤器了。鄧山不禁有種報復的快感，剛剛還想放我身上哩，讓妳自己體會一下被人監視的感覺。

「阿山……」柳語蘭一面掀起褲管取下手錶，癟著嘴，要哭要哭地說：「你……你家浴室沒有被裝吧？」

「沒有，沒有。」鄧山連忙搖手說。

「還好……」柳語蘭說：「我怕你隨時回來，大部分時間都穿得挺整齊……到底是誰這麼惡劣啊！居然敢偷看少女的睡姿！還有我換衣服……可惡！」

妳離少女頗遠了啦，不過這話不能說……鄧山沉吟說：「嗯……不知道是誰幹這種事情……語蘭，不會是妳惹上的吧？」

「不會啦。」柳語蘭說：「我來四天，只去找過幾個老師，還有和一些認識的助教吃飯，另外就是陪語蓉啊。」

「一起去看看你女朋友吧。」余若青突然說：「若目標是你，她那兒恐怕也被監視了。」

這話提醒了鄧山和柳語蘭，兩人都有點焦急。柳語蘭忙說：「阿山，你快打電話過去，我們去一趟。」

「好。」鄧山連忙答應。

「唔，余小姐也去嗎？」柳語蘭突然察覺余若青的語意，有點意外。

余若青一笑說：「當然啦。對不對，鄧特助？」

「這……對……」這女人老是要跟著自己的話，那可眞是麻煩大了。

通知了語蓉，語蓉知道鄧山回來了，自然十分高興，之後知道鄧山、柳語蘭，還有另外一個鄧山公司的總經理要一起來找她，不禁有點莫名其妙，不過總也是同意了。

三人趕過去，還沒走入門內，金大已經告訴鄧山沒有不正常的電流感，鄧山這才鬆了一口氣，對柳語蘭和余若青兩人打了一個眼色，不再提此事。

卻是來這兒之前，鄧山和兩人交代，若是柳語蓉這兒沒有，就不要告訴她這件事了，免得她有不必要的擔心。余若青是無所謂，但柳語蘭卻不大贊同，不過後來想起自己知道時的驚怕，也終於勉強同意。

既然無事，眼看也接近晚餐時間，四人出門用餐。余若青是堅持作東，只不過付帳的方式要私下問問鄧山，才搞清楚。

用餐過程中，柳語蓉對突然冒出一個年輕貌美、打扮古怪的女總經理，自然十分意外。當知道對方要暫住鄧山家的時候，表情的變化更是誰都看得出來。還好，她看到姊姊柳語蘭對自己猛眨眼，心知還有自己不清楚的事情，隱忍下來，沒當場發作，維持著表面的和諧。

鄧山看在眼裡，自然慶幸自己有先搞定柳語蘭，否則今晚冒然一起用餐，恐怕馬上就搞得不歡而散。

柳語蘭和人一向沒什麼距離，認識沒幾分鐘就直接叫對方名字，也逼著對方直呼自己名字。余若青雖然一向冷峻，遇到柳語蘭也有點沒輒。而柳語蓉因為心中有事，除了必要的敷衍之外，話就少多了。至於鄧山，當然更是安分守己，不大敢開口。

吃飽喝足，已經入夜，眼看差不多可以散席，四人往外走時，柳語蘭一拉余若青說：「若青，我們兩個一車回去吧？」

「鄧山不一起嗎？」余若青望向鄧山說。

「讓他送我妹回家吧。」柳語蘭噗嗤笑說：「阿山啊，家裡沒有門禁，可以晚點才回來，不回來也沒關係。」

「姊。」柳語蓉臉色微紅地嗔說。

鄧山卻有點擔心，余若青要住到自己家，就是因為要「保護商品」，她肯讓自己去柳語蓉那兒嗎？若是她硬要跟去，柳語蓉不翻臉，那才真是奇怪了。

卻沒料到，余若青想了想，居然點頭說：「這樣也好，不過我還不想回去，我在市區逛逛，晚點再回去。」

「妳一個人逛嗎？」鄧山訝異地問。

「對。」余若青點頭。

「妳剛回台灣，很多事情不熟……這……」鄧山不知道該怎麼問，這女人對這世界可是什麼都不知道，怎麼可以一個人逛？

柳語蘭看鄧山面色古怪，似乎頗為難，便善意地說：「若青，我和妳一起逛如何？否則迷路就不好了，反正這幾天我也一直沒去逛街。」

「真的不用了，我只是隨便走走，想靜一靜。」余若青淺笑說：「你們不要擔心，我不會去什麼危險的地方，我也記得怎麼回去。」

柳語蓉倒是都不吭聲，只面帶微笑站在旁邊，看鄧山怎麼處理。

鄧山看著她的神色，只覺得好像正看著一個倒數計時中的炸彈，心知自己再管下去，柳語蓉一定會生好大好大的氣。而且余若青是不可能有什麼危險……只怕無辜的台中人會有點危險……

「那就這樣吧……」鄧山說到一半，突然想起另一事，皺眉說：「啊，語蘭，妳一個人回去會不會怕？」

這提醒了柳語蘭，她臉色微微一變，還眞有點害怕。

「姊姊都一個人住了好幾天了，怎麼會怕。」柳語蓉不知始末，噗嗤一笑說。

「對啦，這麼多天都沒事了。」柳語蘭想想也安心了點：「沒關係的。」

「發生了什麼事嗎？姊。」畢竟是姊妹，柳語蓉感覺到一點不對勁。

「沒有沒有。」柳語蘭招來計程車說：「快，你們兩個先上去。」

「一起坐。」鄧山皺眉說：「先送妳回去，我再送語蓉。」

「方向不對啦，剛好三角形。」柳語蘭說：「別浪費時間了。」

「那妳先吧。」鄧山說：「我幫妳記車牌。」

「好吧。」柳語蘭坐了進去，一面說：「妹妹有護花使者，姊姊沒有，只好靠你們的記憶力保護了。」

「姊……讓我們送妳啦。」柳語蓉臉更紅了。

「再見再見。」柳語蘭推開兩人，告訴司機路線，車子很快駛離。

鄧山回過頭，看著余若青站在一旁，那嬌小的身影顯得有點孤寂，忍不住又問了一次：「余小姐，妳眞的先不回去？」

「嗯。」余若青揮揮手說：「你們叫車吧，我先走了。」一面隨意選了個方向，就這麼施施然地往外走了出去。

鄧山無奈地回過頭，此時柳語蓉靠了過來，攙著鄧山低聲說：「你這余總經理挺怪的。」

「是啊。」鄧山揮手叫車，一面說：「國外的習慣不同吧。」

「她那身打扮算是哪國的啊？」柳語蓉輕笑說：「可惜了，她身材很好，上身該穿可以顯露身材的衣服，否則也不該搭上五分褲……眞是的……上下搭配得好奇怪。」

「別這麼說啦，她該沒想這麼多……而且她穿這樣也算挺可愛的。」鄧山一面說，心中一面想著，可能她只想到方便打架吧……而且，她也未必知道這兒的審美觀，余若青其實是用那個世界的打扮方式，選擇這世界衣服，才會變得有點怪。聽柳語蓉這麼批評余若青，鄧山頗有點不忍心的感覺，自己去另外那個世界的時候，也是什麼都不懂啊……

「喔？」柳語蓉卻是美目一轉，悠悠地說：「很可愛嗎？」

糟糕，說錯話了……鄧山只好乾笑說：「我不是那個意思，別誤會了……」

此時，一輛計程車在兩人面前停下，兩人上了車坐在後座，柳語蓉靠著鄧山，在他耳邊低聲說：「你和姊姊到底什麼事情瞞著我？你竟然敢帶女人回家，姊姊居然還幫你？哼！眞當我這麼好欺負啊？」

「這是有原因的。」鄧山輕摟著她肩膀，乾笑說：「因爲我和妳姊姊解釋了，還沒和妳解釋。」

「說來聽聽。」柳語蓉輕靠著鄧山胸前說。

「我是這樣想啦……這幾天……」鄧山說：「妳可以收留我嗎？」

柳語蓉臉上飛起一片紅，呀地一聲拍了鄧山一下說：「你說什麼？」

「不行嗎？」鄧山苦著臉說：「那我只好回去睡客廳了。」

「不是啦……」柳語蓉聲音放更低了，頭直鑽到鄧山懷裡說：「我是說……這事怎麼好跟姊姊說……」原來是害臊。

鄧山說：「我不回去她也會知道啊，而且怎能不說？她看到我帶余小姐回去，差點要替妹妹主持正義呢。」

「還不都是你……」柳語蓉罵歸罵，偎著鄧山更緊了。

鄧山想了想又說：「不過，我是跟她說……說……去妳那裡睡地板。」

柳語蓉噗嗤笑了一聲，猛掐鄧山大腿一把說：「誰……誰會信你呀。」

這樣嗎？感覺上柳語蘭眞的相信呢，鄧山抓抓頭，這話也就不說了。

不久後，回到柳語蓉住處，兩人想到今晚將會發生的事情，不知爲什麼都有點尷尬。洗過澡、卸了妝的柳語蓉，換上了粉色的罩身睡袍，坐在床沿，抱著枕頭不吭聲；鄧山則呆呆地坐在書桌前，不敢冒然走過去。

柳語蓉看著鄧山，噗嗤一笑，突然站起，到一旁的衣櫃搬東西。

「語蓉，妳在幹嘛？」鄧山訝然問。

「你不是說要來這睡地板嗎？」柳語蓉忍著笑，拉出一條毯子說：「先幫你鋪起來。」

「喔……」鄧山也不能說不要，只好看著柳語蓉鋪起毯子，另外還放了一個小枕頭和被子，整整齊齊地鋪在書桌和床中間的地毯上。

「這本來是幫姊姊準備的。」柳語蓉曲腿坐在毯子上，微笑說：「以前姊姊來都睡這兒。」

「喔。」鄧山又應了一聲。

「好奇怪喔。」柳語蓉嘟起嘴說：「山哥突然都不說話了。」

對啊，自己好像傻了一樣。鄧山抓抓頭，放鬆自己，走到柳語蓉身邊坐下，攬著她腰說：「我好久沒看到小語蓉，太感動了，都不會說話了。」

「啐。」柳語蓉偎著鄧山笑說：「原來山哥也會說好聽的話。」

「我這半個多月眞的一直都在想妳。」鄧山說：「妳過得好不好呢？」

「很好啊……」柳語蓉歪著頭突然說：「有人追我追得很兇喔。」

「不是一直都有嗎？」鄧山笑說。

「可是有個人特別好笑喔。」柳語蓉突然拉直身子，伸手到床頭櫃抽屜那兒，取出了幾張似乎挺精美的信籤，然後揀一張給鄧山說：「你看這個。」

鄧山皺著眉，看那信籤上寫著——

讓我拿刀剖開我沸騰滾燙的胸腔

親手捧出我跳動的心　獻給妳

我願萎頓在愛情的血泊中　幸福地死去

「這也太狗血了吧？」冒起雞皮疙瘩的鄧山搖頭說：「現在小男生流行這樣嗎？」

「才不咧。」柳語蓉說：「寫得點東西出來的沒幾個。」

這讚許會不會太廉價了，這樣就算是寫得點東西出來嗎？純粹是大灑狗血而已吧……鄧山問：「那妳看了以後呢？」

「這是上課傳來的。」柳語蓉說：「我就回他一張紙條，上面寫：好啊，把心拿來看看。」

小女生就是這樣好騙，鄧山搖頭說：「他一定想好怎麼回妳了。」

「你怎麼知道？」柳語蓉吃驚地說：「他又傳給我這張。」

鄧山接過，看這一篇寫的是——

我承諾獻給妳　我的心
我剖開滾燙的胸腔　翻找　尋覓
卻只找出滿捧的熱血　潑灑一地

我跌跌撞撞　追尋著妳
想獻上我僅存的愛意
這才發現　那叛徒早已悄悄跟隨著妳
——妳早已擁有我的心

「我就知道。」鄧山苦笑說。
「可是很有感覺耶。」柳語蓉咯咯笑說：「山哥也寫點來看看。」
「不會寫了。」鄧山說：「這是年輕人的玩意兒……後來呢？」
「後來他兩、三天就寫一篇來呀。」柳語蓉說：「我收是收著，也沒怎麼理他……山哥想看別的嗎？我看……這篇我也挺喜歡的。」
「嗯？」鄧山展開，裡面寫的是——

該如何形容妳？
如芙蓉般嬌美？如冬陽般可親？
如雛鳥般可愛？如楓糖般甜蜜？

不　這都褻瀆了妳
且讓我拿起玫瑰詩籤
緩緩寄出一片空白
完美如妳　已不需言語

看著這些東西，鄧山有點枉然，不管寫得好不好，敢把自己寫的東西拿給心愛的人，這才是少年輕狂吧？自己當初可有這樣的年歲……？鄧山嘆口氣說：「語蓉……也許妳該和年紀差不多的人在一起……」

「糟糕，你生氣了。」柳語蓉把那些詩篇搶過，一把扔到垃圾桶，拉著鄧山有點焦急地說：「不准你這麼說，我以後不收他的信了。」

「我只是在想，我們年紀差這麼多……」鄧山說：「妳還是愛玩的時候，我卻整天為了生活忙碌奔波……」

「不聽不聽。」柳語蓉掩著耳朵搖頭說：「山哥不要說了。」

鄧山停嘴，望著柳語蓉，心裡也有點後悔說了這番話，但事實上，鄧山過去一直故意和柳語蓉保持距離，多少也有點為了這因素。

「山哥，我故意留著這個，是想讓你吃醋的。」柳語蓉偎著鄧山，委屈地說：「想讓你更疼我一點，結果你生氣了……我以後不敢了啦。」

「我沒生氣啦。」鄧山說。

「你就是生氣。」柳語蓉摟著鄧山的頸子，美目含情地說：「你今天都還沒緊緊抱過我呢。」

鄧山回摟著柳語蓉，心中翻湧，自己要是不顧一切地對柳語蓉回報這份感覺，對她到底是公平還是不公平？

摟得再久，也是會鬆開，心中有些枉然的鄧山，怎麼也提不起那份激情。他輕撫著柳語蓉的背，緩緩說：「妳不知道，我好希望妳能很幸福很幸福。」

「你疼我，我就幸福了。」柳語蓉低聲說。

「妳還可以更幸福的。」鄧山說。

「可是我只要那樣就夠了。」柳語蓉說。

「語蓉……」兩人目光對望，鄧山終於不再壓抑自己，托著柳語蓉輕盈的身軀緩緩放平，兩人深情對吻，纏綿翻滾。

擁吻良久，鄧山情難自己，忍不住試著將手探入柳語蓉衣袍下，撫摸著她赤裸火熱的身軀。柳語蓉只輕嗯了一聲，摟鄧山摟得更緊。鄧山得到鼓勵，撫摸著柳語蓉柔滑嬌軀的一雙手更是大膽，在她輕吟聲中，逐步逐步探到敏感溫熱處，只輕一接觸，柳語蓉渾身輕顫，嚶嚀聲中渾身一軟，抱著鄧山的手鬆了開來，整個人癱在地上，緊閉著眼睛。

隨著鄧山指掌滑移、慢揉輕撫，柳語蓉呼吸越來越是急促，兩人的心跳彷彿同步般地越來越快。鄧山終於忍不住開口詢問：「語蓉？」

雙頰緋紅如火的柳語蓉只嗯了一聲，依然沒說話。這代表她願意嗎？鄧山遲疑了片刻，手撫到柳語蓉腰側，輕拉著蕾絲細邊往下，剛滑下半吋，柳語蓉突然輕抓住鄧山的手，睜開眼睛，對鄧山求懇似地搖了搖頭。

她還不願意……鄧山有點尷尬地縮回手，不知道該說什麼。

「對不起，山哥。」柳語蓉伸手緊摟著鄧山，低聲說：「我不是不願意，只是……還有點不確定，讓我……再想想……」

不確定什麼？鄧山有點不解，又不知道該不該問，只好說：「沒關係。」

「除此之外……都可以……」柳語蓉滿臉泛紅，低聲說，身子仍緊貼著鄧山。

繼續下去只怕自己失去理智，鄧山苦笑抱緊柳語蓉，手倒是不敢繼續往內伸了。

「會不會……很難過？」柳語蓉感受到小腹受到的堅挺壓迫，她一面探手往下，一面聲若蚊蚋般地低聲說：「山哥……我可以幫你……弄出來……」

鄧山感覺柳語蓉正伸手鬆開自己腰帶，他反而有點害臊，趕忙抓著柳語蓉的小手說：「不，不用了。」

「真的嗎？」紅著臉的柳語蓉有點意外。

「一會兒……就好了。」鄧山起身，一把將柳語蓉抱起，將她放上床說：「妳睡床上吧，我去關燈。」

鄧山拉過薄被，罩著柳語蓉蜷縮著的身軀，跟著將大燈切換成暗黃色的小夜燈，這才躺回地上那十分凌亂的毯子上。兩人一在床上一在床下，在昏黑中微笑對望片刻，鄧山才溫柔地說：「睡吧。」

「山哥……」柳語蓉突然說：「上來睡吧？」

「上去就不用睡了。」鄧山苦笑搖頭。

柳語蓉紅著臉咬著下唇說：「人家想抱著你睡。」

「語蓉……妳明知道……」鄧山嘆了一口氣。

「好啦好啦……」柳語蓉拿薄被掩住泛紅的臉孔說：「我不說了，對不起。」

鄧山望著天花板那微弱的燈光，心中頗有些紛亂，自己本還有些拿不定主意，不知該不該和柳語蓉繼續下去，怎麼一親熱起來，就差點停不下來，男人的本性實在是……若不是語蓉阻止自己，今日只怕……但是她爲什麼會阻止自己？她說的不確定，又是指什麼？

「山哥……」柳語蓉突然又低喊了一聲。

「嗯？」

「你如果……眞的……想要……」

「語蓉，快睡吧。」

「好……吧。」

睡不著的鄧山，靜靜聽著柳語蓉的呼吸聲，雖然不像剛剛情動時急促，卻也一直沒平緩下來。鄧山知道她也睡不著，思考了片刻，鄧山起身說：「語蓉，我有點不放心。」

「什麼？」柳語蓉有點意外地睜開眼睛。

「我想回去睡客廳。」鄧山說。

柳語蓉吃了一驚，坐起望著鄧山，有點惶然地說：「你生氣了嗎？」

「不是啦。」鄧山停了停說：「我擔心她們兩個相處不來。」

柳語蓉望著鄧山片刻，似乎想看出來他這話說的是眞還是假，過了一會兒才下床說：「眞的擔心的話，就回去看看吧……姊姊有時候太活潑了，放著她們兩人相處一晚上，我也怕萬一得罪了人，影響到你公司正事……可是明天要早點來陪我喔，我晚上社團有事，只能陪你到晚餐時間。」

「好，我一大早來陪妳吃早餐。」鄧山連忙站起。

鄧山和柳語蓉吻別了，正要轉身出門，柳語蓉突然抓住鄧山衣尾，扯著他低聲說：「山哥。」

「嗯？」鄧山一怔止步。

「真的不是生我的氣？」柳語蓉又問了一次。

「不是、不是。」鄧山連忙回頭抱抱柳語蓉說：「妳別擔心了，早點睡，知道嗎？」

柳語蓉這才點點頭，有些委屈地送走鄧山。

踏出門口，鄧山深吸了一口氣，這才在心中對金大說：「我一直沒感覺到余若青，她沒來吧？」

「我也沒感覺到。」金大回答說：「不過剛剛我想提醒你，又不想打擾你……」

「怎麼？」鄧山說：「我不是已經有留神了嗎？」

「她不是說過，她能注意的範圍是百公尺。」金大說：「她溢出的能量雖然不少，但畢竟不是戰鬥中的大量施放，你沒運出大量內氣到金靈部分的話，感應不到這麼遠的。」

唔……鄧山暗自跺腳，內氣往外逼出，心神隨之感應，果然……西南方約七十餘公尺外，高處有一股能量。「眞的來了。」鄧山皺眉說：「她一直在那兒聽嗎？」

「不知道，不過，聽這麼久，她不會無聊嗎？」金大似乎覺得很不解。

她到底在想些什麼？居然在外面聽自己和柳語蓉……聽這些她會愉快嗎？她是變態嗎？鄧山心中不滿，沿著走廊大步走出大門口，往西南方一望，果然那方向一幢高樓上，余若青正坐在屋頂上的水塔，呆呆地望著這兒。

兩人目光一對，余若青發現鄧山出門就怒氣沖沖地望著她，明顯自己行蹤敗露，她驀然整張小臉滾燙發紅，一彈身，往另一棟大樓頂掠去，兩下彈跳就不知道到哪兒去了。

「她幹嘛……」本想翻臉的鄧山反而愣住。

「好像是害羞了。」金大說。

「我被她偷聽都還沒這麼害羞……她害羞什麼……」鄧山莫名其妙。

「有關女人的事情，如果你不懂的話，我更不懂了。」金大說。

「她還是在百公尺內。」鄧山此時內氣運足，已經能藉著金靈感覺到余若青躲藏的地方，不過她速度這麼快，想追也追不上，鄧山搖搖頭想：「我回去，她大概就會跟回去吧。」

「應該吧。」金大說。

「她這樣從屋頂跑好像不錯。」鄧山有點羨慕地說：「比較不會被人看到。」

「要試試嗎？」金大說：「你來還是我來？」

「我來好了。」鄧山說：「萬一我摔下你再接手。」

「好。」金大說。

鄧山走到一個無人的防火巷道，兩旁交錯點騰，一路彈上十幾層樓高，跟著就在各屋頂上快速騰飛，往自己家的方向飛射。

「要常這樣做的話，得準備一套蒙臉夜行衣。」鄧山感覺跳得很過癮。

「我想問個問題。」金大突然說。

「什麼？」鄧山問。

「你不要生氣喔。」金大說。

「你……不會是又要問我爲什麼不交配吧？」鄧山沒好氣地說。

「不是啦。」金大說：「我是覺得奇怪，你怎麼連自己想要還是不想要……都弄不清楚呀？」

鄧山一怔，腳步一亂，差點沒跳穩，連忙一沉氣，落在一個屋頂上有幾片太陽能板的大樓頂端，這才嘆口氣說：「也許我也搞不清楚自己對語蓉的眞實感覺……」

「好吧。」金大說：「那女人好像又追來了。」

鄧山回過頭，果然看到余若青如星飛丸擲般地點著屋頂奔來，鄧山索性停下等她。

這次余若青卻抬頭挺胸、盛氣凌人地仰著頭，落在鄧山身邊；但目光與鄧山一交會，她臉上卻又紅了起來。余若青停了幾秒，直到臉龐紅到耳根，終於一跺腳，又轉身跑開了。

「她……到底在幹嘛……」鄧山莫名其妙。

「不知道。」金大說。

「先回去我家外面等她。」鄧山重新飛彈而起，一路往自家的方向奔去。

不久之後，鄧山落到了自家屋頂，感應到柳語蘭雖然還沒睡，但已在屋中休息。鄧山安了心，立在屋頂上，等候著余若青。

不過，余若青似乎拿定主意不和鄧山碰面，只留在遠遠另一棟大樓上，躲在一個碟型天線後面。「現在是怎樣？」金大很訝異地說：「如果你回家，她也不敢進去嗎？」

「不想管她了。」鄧山搖頭說：「她是被我當場逮到偷聽，不好意思和我碰面吧，我不和她算帳已經很好了。」

「可是萬一她等等眞的回去，又給你滿臉通紅一下，然後躲回房……」金大說：「裡面那女人大概會胡思亂想。」

金大說得對，這萬萬不可！鄧山想來想去，還是要在回去前把這事搞定。鄧山皺眉說：「靠你的話，也追不上她嗎？」

「不行。」金大說：「你和她不同層次，還得等一段時間。」

「唔……這女人真這麼厲害……那該怎辦……」鄧山想了想說：「好吧，來裝死。」

「什麼？」金大愣住。

「聽我說，我們研究一下……」

鄧山和金大討論片刻，做出決定，只見鄧山突然迅速向余若青追去，余若青果然相應彈身，往另一個方向飛射。鄧山點地間隨之彈起，向著余若青的方向奔，就在此時，鄧山突然驚噫一聲，彷彿內氣錯亂，砰地一下滾摔到一幢公寓大樓樓頂，轉了好幾圈才停下。

余若青一直注意著鄧山的狀態，自然知道他發生了事情，她一驚之下，連忙彈身折回，只兩個點地，已經飛到鄧山身旁。

「喂……你怎麼了？」余若青叫了叫，見面朝下的鄧山沒反應，她皺著眉，蹲下翻過鄧山，卻見鄧山正直勾勾地望著自己，臉上神色似笑非笑。

余若青驚呼一聲，彈身要跑，鄧山卻已經一把抓住她左手腕說：「等等，說清楚才走。」

余若青根本不敢看著鄧山，手一轉，反指點向鄧山腕脈，但此時的鄧山可是金大控制的，迅疾地轉動變招往上靠，不只避開了余若青的攻擊，還一路攀上小臂。

余若青掌指騰挪連變數招，都無法甩推鄧山，她急得內氣往外迸，揚掌一甩間，一股大力衝盪而出。鄧山再也抓不住她的手腕，甚至連身子都無法控制，轟地一下摔到不遠處一堵水泥牆上，整片牆就這麼應聲散裂，磚石土泥和鄧山相伴，一起往樓下直摔出去。

鄧山落地之前已經昏迷，醒來時，只覺得前胸和背後都劇痛，而整條右手臂像是散了一樣，又痠又麻，無法用力。鄧山艱辛地睜開眼，卻看到余若青焦急的面孔，鄧山實在不知道該說什麼，只好又把眼睛閉上。

「這女人差點宰了你。」金大哇哇叫說：「還好你昏了，我還醒著，偷偷變形降速，護住重要部位，不然摔也摔死你，她剛好接收金靈！還買一送一，兩個金靈！」

「謝謝了。」鄧山在心中想：「不過她該不想殺我，不然我哪抵抗得了。」

「也是啦……她該是忘了這兒內氣能脫體攻擊，一甩手內氣直衝出來，才把你打成這樣。」金大說：「她剛抱著你跑開，還運氣救你，不然傷更重了，不過她方法不好……你現在把內氣往外運，我從全身穴竅下手，幫你調理全身。」

「好……」鄧山勉力提起內氣，耳中卻聽余若青輕聲地喊：「鄧山……你醒了嗎？」

鄧山睜開眼，苦笑說：「妳是來保護我，還是來殺我呀？」

余若青臉一紅說：「誰教你抓著我……」

「不然妳一直跑……」鄧山說：「我想叫妳回家去休息了。」

「我……我……」余若青滿臉通紅，低著頭說不出話來。

不好意思啥？鄧山突然省悟過來，嘆氣說：「誰教妳要聽……我才不想讓妳聽呢。」

「我要保護你呀。」余若青焦急地說：「我……我才不想聽。」

「妳不想聽，而我不想讓妳聽。」鄧山嘆氣說：「結果妳覺得誰比較吃虧？」

余若青臉又紅了，囁嚅半天才說：「你眞的很疼她呢，我挺羨慕她的。」

「嗯？」鄧山愣了愣，不知道該怎麼回答。

「別誤會。」紅著臉的余若青連忙說：「我是羨慕……有人這麼疼惜她。」

「妳條件這麼好，只要願意，還怕沒人疼妳嗎？」鄧山苦笑說。

余若青呆了呆，突然紅著臉低聲說：「你最後爲什麼會停下來？」

鄧山怔了怔，臉也有點紅，尷尬地說：「妳不是聽得很清楚嗎？」

「我知道她說的話。」余若青聲音越來越小：「但其實感覺上不是很堅決……」

似乎是這樣沒錯……那麼自己爲什麼不堅持下去？鄧山頭一痛，不想討論下去，換個話題說：「要是讓她知道妳偷聽一整晚……大概會氣瘋吧，妳想想……要是妳自己被人這樣聽呢？」

余若青紅著的臉倏然有點發白，這種事要是發生在自己身上……那眞是想都不敢想。余若青吃力地說：「我眞的是……我是因爲責任……唉，總之……對不起……」

「接下來這六天，我們可得想個辦法。」鄧山嘆氣說：「難道妳眞打算每天晚上來偷聽？」

余若青連忙掩著紅燙的臉搖頭說：「不……我眞的不會再聽了……我以後只注意你位置就好，以後一定不聽了。」

「妳……可以這樣啊？」鄧山吃了一驚說：「那妳今天……」

余若青驚覺失言，紅著臉跳開老遠，過了好久，才怯怯地走回鄧山面前說：「對不起，因爲這樣比較安全，而且……我從沒聽過……我是……所以……以後不會了。」

鄧山無言以對，除了苦笑之外，也只能嘆氣了。

# 異世遊

是我沒膽子啦

在金大運使全身內氣沖激下，鄧山渾身經脈快速運轉，氣血旋即順暢不少，就連首當其衝被余若青內氣轟激的右臂，痠痲感也漸漸退去。鄧山緩緩爬起身來說：「我們回去吧，妳去休息，我在客廳養傷。」

「你能走了？」余若青吃了一驚，在她的認知下，鄧山躺到天亮都未必能爬起來。

「差不多了。」鄧山點點頭說：「妳速度比我快，跟著來吧。」鄧山其實自己不用用力，只需要放鬆身體，讓金大帶著自己身軀，就能奔回自己家中。

兩人到了鄧山那小公寓，鄧山正要開門，余若青突然停下腳步說：「我……再去逛逛，再回來。」

「怎麼？」鄧山訝異地問。

「我們一起回去，你不好解釋吧。」余若青小臉又紅了起來。

「也對。」她其實還是挺替人想的，和一開始的印象不大一樣，鄧山有點意外地點頭說：「那辛苦妳了，過幾分鐘就回來休息吧，妳也累一晚了。」

「我？」余若青忍不住說：「我不累……你才真的累一晚。」說完噗嗤一聲，轉身跑開。

鄧山老臉不禁有點掛不住，暗罵了幾聲之後，才開鎖入房，走入屋中。卻見柳語蘭正偷偷摸摸地從牆腳探頭出來，鄧山好笑地說：「怎麼了？」

「你怎麼回來了？」柳語蘭走出客廳，手中拿著一根掃把，還扠腰表現出一副俠女架式，嘟嘴說：「聽到有人開鎖，嚇我一跳。」

「我不放心這邊的安全，所以回來。」鄧山說：「妳安心去睡吧。」

「眞是好人！居然從溫柔鄉中爬出來。」柳語蘭放下掃把比個大拇指，然後賊兮兮靠過來說：「莫非我妹不讓你留下？」

鄧山沒好氣地瞪了柳語蘭一眼說：「我是擔心妳耶。」

「好啦好啦，感激不盡。」柳語蘭上下看著鄧山說：「你怎麼全身都是灰啊？跌到土堆裡面了？」

剛剛和一整堵牆一起摔下去，當然全身灰。鄧山搖頭說：「別提了，倒楣弄到的，我去沖個澡，換身衣服。」

「好。」柳語蘭雖然之前口說不怕，但是一個人回來還是心驚膽顫的，鄧山這一回來，眞的是放鬆了不少，高興的神情顯而易見。

自己回來是對了……雖然莫名其妙挨了一掌……鄧山拿著衣服走入浴室，很快地胡亂沖了一下，穿衣服的時候，聽到客廳門鈴聲響、柳語蘭高聲問話，以及余若青回答的聲音，看來是余若青回來了。

鄧山此時恰好穿妥衣物，於是走出浴室，卻看到柳語蘭正神色古怪地看著自己，又看看余若青，跟著眉頭一皺，走回房間去了。

鄧山莫名其妙地望向余若青，突然發現，余若青竟和幾分鐘前的自己一樣，也是滿身塵土，八成是抱自己離開時惹上的……這下子可麻煩了，不知道該怎麼解釋……余若青看出氣氛不對，卻又不知原因，眼珠轉啊轉的，想問又不知該不該問。

鄧山吸口氣，想說話，卻又洩了氣，最後終於苦著臉，指著浴室說：「妳也去換身衣服吧……」

余若青這才發現自己滿身塵土，她也終於知道柳語蘭態度變化的原因。她微紅著臉，吐吐舌頭俏皮一笑，跟著一攤手，表示愛莫能助，隨即跑進自己房間去了。

這女人倒是很快就不害臊了……鄧山暗罵著，一面垂頭喪氣地拿著毛巾擦頭。

過沒兩分鐘，余若青突然又跑出房門，望望鄧山，臉又紅了起來，她每次看到鄧山，就想起整晚聽到的內容，最羞人的還是最後被鄧山逮到，她原本以爲鄧山不可能發現的……

余若青從小專心習武，稍有成就之後，就被指派去帶領組織中的一支部隊。在荒野中工作，她功夫雖高，但年紀太輕，身分上又頗有些惱人的傳言，所以一直以來，都習慣用強勢的態度管理下屬。因此，她手下雖然有男有女，卻沒有任何人敢和她親近，當然更沒談過戀愛。

但是她雖然表面上作風強勢，其實卻挺照顧部下的一切，所以她從和柳語蘭見面開始，就很主動幫著鄧山澄清，以避免鄧山的感情生活因爲她而起波折；而鄧山想與女友柳語蓉相處，她也不想破壞，只好讓自己辛苦一點，遠遠地跟蹤保護。

女孩子長大了，對戀愛難免有幾分憧憬，今晚機緣巧合，聽到鄧山和柳語蓉談情說愛、床笫纏綿，她以爲不會被發現，忍不住從頭偷聽到尾。而她未經男女之事，只能靠自己幻想去配合各種音效，雖說鄧山最後沒當眞顚鸞倒鳳，但整個過程仍讓她聽得驚疑不定、臉紅心跳、滿頭問號；而鄧山對柳語蓉的輕憐蜜愛，也眞的讓她不由自主地羨慕。

當她正沉醉在自己的胡思亂想中時，突然發現鄧山要出門，她本不在意，只靜靜地等候著，卻發現鄧山出門就向她狠狠瞪來，才發現自己的行爲原來鄧山都知道，這下還不羞煞？不知如何是好的情況下，余若青只好一面盯著鄧山繼續保護，一面又逃避不敢與他見面，最後才惹出鄧山挨了一掌的事故。

不過這麼一來，她倒是放開了些，反正聽都聽了，也被人逮到了……當然，鄧山抓到余若青以後，並沒讓她很難堪，也是原因之一。

總之，余若青心情已平靜下來，縱然是想起來就害羞，也只好繼續下去，工作還是最重要的，總不能因爲害羞而妨礙了工作。

此時她走出門，看見鄧山，仍是忍不住羞意上湧，不過看鄧山的狼狽呆樣，又頗覺好笑。她搖搖頭，走到柳語蘭門口，敲敲門說：「語蘭姊？」

柳語蘭打開門，疑惑地望著余若青。鄧山卻也是直豎起耳朵，她找柳語蘭幹嘛？

「妳能幫我忙嗎？」余若青說：「我有些事情不懂。」

柳語蘭剛剛看她和鄧山一樣渾身塵土的回來，莫名心中有氣，躲進房中，但想想卻又不知道自己生什麼氣，卻也不好意思走出房門。此時余若青突然跑來敲門，柳語蘭雖然意外，也不至於板著臉應對，只勉強笑笑說：「怎麼了？」

「我不大會搭配衣服。」余若青說：「可以幫我選選嗎？」

鄧山聽到此言，心中一驚，莫非柳語蓉批評她穿著的那些話，她也聽進去了？此事大有可能……

「啊？」柳語蘭微微一怔說：「我嗎？」事實上，柳語蘭一向很少放心思在服裝打扮上，所以，這還是第一次有人向她請教。

「剛剛回來時，轉過一個路口，好像蓋房子還是怎樣，滿天都是沙。」余若青苦笑說：「我準備去洗澡換個衣服，所以想問問語蘭姊的意見，我有很多衣服，但是不大會配。」

柳語蘭一聽，不禁望了鄧山一眼，莫非自己誤會他了？

見柳語蘭望過來，鄧山自然連忙擺出一副無辜樣，一面心中暗讚余若青聰明，果然說謊是人類天賦，會說的不只自己一人。

「來，我幫妳看看。」柳語蘭發現自己冤枉了人，滿是歉意，連忙說：「妳帶了什麼。」

兩人走到余若青房中，翻撿半天，柳語蘭訝然說：「怎麼都是褲子啊？」

「我……我覺得這樣比較方便，不好嗎？」余若青說。

「也不是，我就很喜歡穿褲裝。但是五分褲不適合配這種寬大毛衣，要合身點的……妳要不就穿短褲，要不就穿長褲。」柳語蘭說：「只是女孩子還是要準備幾套裙裝，一些場合還是要換那種，感覺好點。」

「喔？」余若青說：「那上衣呢？」

「妳喜歡寬大的衣服啊？……這件小點，比較剛好，可以穿這件試試。」柳語蘭翻著說：「這短褲配這件不錯呀。」

「這件？」余若青驚呼說：「不會太短嗎？我本來沒打算帶這條，是放錯的……」

「短才好啊，妳臀部、大腿、小腿整個線條又翹又漂亮……」柳語蘭笑說：「妳穿這走出去，一定一堆男孩子看著妳流口水。」

「眞的嗎？」余若青紅著臉拿著短褲在腰間比了比，還是又放下去了。「怎麼都沒內衣褲啊？」柳語蘭壓低聲音問。只不過鄧山耳目靈便，聽得一樣清楚。

「那個……這兒的我不習慣……」余若青呆了呆才說：「我穿的是另外一種的。」

「什麼？哪種？」柳語蘭莫名其妙。

余若青自然不能拿出另一個世界、材質造型都完全不同的內衣褲，只好說：「那我放在另外的包包……語蘭，妳幫我選外衣就好。」柳語蘭本就隨和，也不追問。

余若青和柳語蘭挑了半天，才捧著衣物去盥洗。

柳語蘭這才走到鄧山身旁，趴著沙發椅背，望著他說：「喂！」

「怎樣？」鄧山說。

「我剛好像誤會你了。」柳語蘭揮手說：「跟你道歉啦。」

「好啦，聽到了。」鄧山聳聳肩說。

「那就這樣。」柳語蘭轉過話題說：「你要不要拿床被子什麼的，不然怎麼睡？沙發又是壞的……」

「我靠著就好了。」鄧山其實只需要運運氣，幾乎就可以恢復精神了，雖然還是需要睡眠，但是依賴度已經很低。

「好吧。」柳語蘭突然低聲笑說：「其實你要跟我一起睡也沒關係，又不是沒一起睡過，但是不能讓語蓉知道。」

浴室裡面那個女人耳朵可是很靈的，鄧山忙說：「那時候是在開玩笑啦。」

「對啦，蓋棉被純聊天嘛。」柳語蘭噗嗤笑說：「從那之後，我就確定你對我沒興趣啦，開始去找男朋友。」

「什麼沒興趣……是我沒膽子啦。」鄧山苦笑說。

柳語蘭一怔，呆了片刻，才站起身強笑說：「我先去休息了。」

「嗯……晚安。」鄧山才說完自己也覺得有點尷尬。

「晚安。」柳語蘭快步地離開。

柳語蘭進房之後，鄧山啪地給自己一巴掌……眞糟糕，說話怎麼不經過大腦？

過不久，余若青走出浴室，她那頭假髮自然不用處理，有沒有取下過，鄧山也不知道。不過，她此時穿著一件短袖圓領衫，倒是挺合身的，下身卻穿著條貼身短褲，赤著一雙腳跳出來，對鄧山皺眉說：「你們的鞋子穿得不舒服，下次要拿那邊的改來穿。」

鄧山看她兩條修長的玉腿、赤裸的玉足，在眼前晃來晃去，不禁有點尷尬，一面暗罵柳語蘭害人。

「現在怎樣呢？」余若青坐到鄧山附近一個沒壞掉的沙發上，兩腿交錯疊起，一面說：「你們一晚上就這樣發呆度過呀？」

「大部分人是需要睡覺的。」鄧山說。

「喔。」余若青說：「那我們呢？現在可以做什麼？」

「我得先把傷勢治好。」鄧山苦笑說。

余若青一怔，面露歉色說：「對不起，我忘了……我幫你？」

「不用了，好很多了。」鄧山連忙搖頭，讓她手貼過來，等等柳語蘭跑出來看到，那不是又麻煩了？

兩人正相對無言時，突然門鈴又響了起來。這下鄧山可愣住了，這時間還有誰會來？

「那是什麼？有人來？誰？」余若青意外地說。

「不知道。」鄧山撫著還有點痛的胸口站起。

「我……我去換長褲。」余若青臉一紅，跑了進去。

她是在自己面前才好意思這樣穿嗎？鄧山微微一怔，心中有種怪怪的感覺。

鄧山走到陽台，打開木門往外看去，卻看到兩個穿著西裝、修長的褐髮洋人，正隔著木門外的鏤空鐵門，對自己點頭猛笑。

「什麼事情？」鄧山訝然問。

「你好，鄧山先生，很高興能見到你。」左邊那人開口說：「我是約翰，這位是提姆，我們不是壞人，可以和你聊一下嗎？」

這自稱約翰的老外知道自己的名字，而且說中文耶？雖然仍有點外國口音……鄧山雖意外，但仍搖頭說：「聊什麼？這麼晚了，不方便。」

「我們知道，你有朋友在家，不大好說話。」約翰又說：「或者，你選個覺得安全、方便說話的時間、場地，和我們談一下？明、後天也可以。」

這樣說話是挺客氣的，問題是現在騙人的人眞是太多了，說不定剛好開始進化成找洋人來騙，自己可不能隨便上當。鄧山正想著該怎麼樣把他們打發掉，約翰又說：「我們這次來，是和半個多月前，那個……什麼醫院？」他轉頭問身旁的友人提姆。

提姆苦惱地思索了片刻，才高興地抬頭說：「秤笑醫院！」

秤笑？誠孝嗎？這人的口音就重多了，難怪不開口……他們提誠孝醫院幹嘛？半個月前……自己去看阿吉那次？

「噢，對，誠孝醫院。」約翰說：「我們查過，你扳開那車子鋼板，是不普通的，很特別的，我們要談的事情，和這件事情有關。」

怎麼那時候沒事，這時候突然有人找上門來？鄧山搖頭裝呆說：「那和我無關，對不起，我不想多說了。」

「噢，不。」約翰忙說：「你不用擔心，我們不是記者的。」

這老外每句話開頭老喜歡加個「噢」……

鄧山說：「好，可是我不想知道你們是誰，我家裡有人休息了，謝謝，再見。」一面把門關上。

「噢，鄧山先生！」鄧山一面關，約翰還在門口叫，鄧山不管三七二十一直接掩上木門。

「誰呀？」鄧山走回客廳，卻見兩個女孩都走了出來，發問的是柳語蘭，而余若青也換上了一條運動緊身長褲，只不過依然赤著腳。

「兩個老外。」鄧山說：「怪怪的，不認識。」

「鄧山先生。」突然門口又傳來約翰的聲音：「我們眞的沒有惡意。」

鄧山轉過頭去，卻吃了一驚，鐵門內的木門怎麼又打開了？兩個老外依然對自己猛笑。自己沒關好嗎？鄧山走過去，又想關門，約翰低聲說：「這門是我開的。」

「什麼？」鄧山一愣。

「你看。」約翰往下指指，鄧山低頭，卻見鏤空鐵門突然卡地一聲打開。

約翰從外面一推，又把鐵門關回去，一面笑著說：「現在你該知道，我們並沒有惡意吧？我們另外約個時間就好，可以吧？」

「你們是小偷嗎？」鄧山沉著臉說。

「噢，不。」約翰說：「這是特別的能力，和你一樣，我們都有特別的能力。」

「什麼？」鄧山越聽越迷糊。

約翰運用著不算太純熟的中文，壓低聲音說：「我們這些特別的人有個團體，保護我們，幫助我們，我們在世界各地尋找這樣的人，你也是這樣的人，所以我們來找你，可以彼此互相幫助。」

「你們是『天選』的人嗎？」鄧山身後，余若青突然走了出來。

鄧山訝然回頭，卻見余若青臉色十分難看，恢復冷厲的目光，正凝視著那兩人。

「噢？妳，這位美麗的小姐怎麼會知道？」約翰似乎吃了一驚。

「你們滾。」余若青繞到鄧山前面，對著兩人低叱：「還想活下去的話，以後就不要出現在我面前！」話聲一落，余若青提起手掌隔著鏤空鐵門一揮，一股狂風刮過鏤空處，逼得那兩人往後連退好幾步，鐵門更是鏗鏗鏘鏘地一陣亂響。

「妳……妳這小姐……妳也是……」約翰還在亂叫，余若青把木門轟地一下關了起來。

「天選？」鄧山一面問，一面在腦海中尋思，自己怎麼好像聽過這名詞。

記憶力超好的金大幫忙鄧山回憶：「那個芝姊，叫唐家主打你的時候說過。」

「喔……什麼天選研究中心……」鄧山想起來，芝姊好像說是被這機構逼去那世界的？還說自己是他們派去的……

「若青小姐……」鄧山轉頭問。

余若青這一剎那，彷彿變回到了在另一個世界的模樣，冷漠獨斷還充滿銳氣，她只搖了搖頭，往客廳走了進去。

「若青？」在客廳內的柳語蘭，沒看到余若青揮掌的動作，她說：「剛剛是有刮風嗎？鏗鏘亂響……那些人走了？」

余若青臉色放緩了些，強笑說：「嗯，只是一些無聊人。」

「嗯。」柳語蘭轉身走了兩步，回頭望望兩人說：「你們也早點睡啊，明天阿山應該得陪語蓉一整天吧？」

「嗯，早上就要過去了。」鄧山突然想起「保護自己」的余若青，若讓她這樣跟一整天，她不是累死了？

「若青要是沒事，我陪妳去買衣服。」柳語蘭打個呵欠說：「妳那些很多不適合妳穿啦。」

余若青眼睛微微一亮，似乎有點心動，但是想了想又說：「明天再說吧，語蘭姊先去睡。」柳語蘭也眞的累了，再度跟兩人說了晚安，便回房休息。

兩人重新在客廳坐下，此時心情和之前可大不相同了，余若青等柳語蘭關妥了門，片刻之後才開口說：「那兩人既然是天選的人，那些監視器一定是他們裝的。」

「眞的嗎？」鄧山一愣。

「當然，否則你離開這兒半個多月，他們怎麼這麼剛好，今天就趕來找你？」余若青說。

聽起來很有道理。鄧山想了想說：「我聽芝姊提過天選。」

「我媽怎會跟你提這個？」余若青意外地說。

「她曾經以爲我是天選的人，派去……滲透那個世界。」鄧山抓抓頭說。

「媽糊塗了。」余若青哼了一聲說：「天選要派也會派高手吧。」

這話可不大好聽，問題是對方確實比自己高明許多，鄧山只好苦笑自嘲說：「對啦，我離高手還很遠。」

余若青這才發現自己失言，於是臉色放柔和了些說：「我不是說你不好，你在較技比賽方面眞的很有天份，我以前試過，連六階都打不進去，後來就放棄了；今天你連六階的都輕鬆打贏，遠比我厲害了。」

「那……那只是運氣好。」鄧山尷尬地說。其實厲害的只是金大，根本不是自己，除了還債不得已之外，鄧山並不想藉著金大來獲得這些不屬於自己的讚美，問題是這些讚美還是不斷出現，躲也躲不掉；而自己除了苦笑，又沒法辯駁，這才是最苦惱的地方。

「不，眞的很棒。」余若青和聲說：「不要看不起自己。」

她說話怎麼突然變溫柔了，鄧山不禁多看她兩眼，兩人目光一對，余若青臉龐微紅，轉過目光說：「既然有天選的找上你，這邊不能多待了……這兩個應該是第一波，從最近的據點來的，既然被我趕跑了，就會有更厲害的來；如果要避免麻煩，你也許該考慮……搬去我們的世界。」

「可是我想留在這邊啊。」鄧山忙說。

「我知道你捨不得你的語蓉。」余若青瞪了鄧山一眼。

當然是捨不得啊，但是幹嘛瞪我？鄧山抓抓腦袋說：「對了，他們是找我幹嘛呀？還沒問清楚就被妳趕走了。」

「細節其實我也不知道。」余若青說。

「妳不知道就趕人走喔？」鄧山苦著臉說。

「你聽我說完啦。」余若青嗔說：「我知道別的啊。」

鄧山只好說：「好吧，對不起，請說。」

「你可能不知道……」余若青低頭說：「我五歲以前還是和媽媽住在這……台灣……」

「妳也是這裡人呀？」鄧山訝異地說。

「可是我爸爸不是，我不知道算哪個世界的人……」余若青說。

「這個……」鄧山說：「這代表妳兩個世界都可以去啦，都很歡迎。」

「就會胡扯。」余若青忍不住笑說：「可是你下午怎麼那麼兇？那時要不看你『價值很高』的份上，我差點想出手揍你。」

這種時候算帳？鄧山尷尬地說：「我只是拚命不想被監視而已，誰知道結果還是被聽光了。」

這下輪到余若青尷尬了，她漲紅臉說：「我……我不會再聽了啦。」

「而且後來還是揍我了，把我從不知道幾樓高打下去。」鄧山揉揉胸口又說。

「對不起啦……我不習慣被……被男人抓著……」余若青低下頭，求饒似地望了鄧山一眼。

這若喜若羞的一眼，看得鄧山怦然心動。鄧山一驚，察覺不妥，連忙收斂胡鬧的心情，正色說：「妳繼續說吧，妳和妳媽然後呢？」

余若青似乎也覺得自己有點失態，坐直身體說：「可能和你情況差不多，因爲一些事情，他們發現我媽媽能力和一般人不同，符合他們口中天選者的資格……於是想吸收我媽，我媽不肯答應，結果他們就開始派人來殺我媽。」

「殺人？太誇張了吧？」鄧山吃了一驚。

「或者說抓人……他們是說，天選者如果不加入他們組織，沒受控制，會危害社會，所以要抓走，不論死活都可以……」余若青說：「那時候我媽人單勢孤，實在擋不過對方，最後只好帶著我躲去那世界……」

「芝姊功夫似乎不如妳。」鄧山說：「那當年她應該很辛苦。」

「別客氣了，我媽功夫連你都不如。」余若青哂然說：「能逃走算她好運。」

「妳對芝姊很不客氣……這樣不大好吧。」鄧山忍不住說。

余若青臉微微變色，似乎想反唇相譏，想了想終於忍住說：「我不想跟你解釋原因……事實上我看不起她。」

所謂家家有本難唸的經，誰也管不了這麼許多，也許余若青眞有她的理由。鄧山嘆口氣說：「好吧，算我多嘴。」

余若青倒是沒吭聲了，隔了片刻才說：「我知道你會這樣說，是因為關心我……謝謝。」

「謝什麼，我們是朋友呀。」鄧山說。

「朋友……」余若青低聲重複著這句話，頓了頓說：「像你和語蘭一樣嗎？」

這話什麼意思？鄧山只好說：「差不多吧。」

余若青紅著臉說：「我剛有聽到，聽說你當年膽子不大。」

「欸……」鄧山苦著臉說：「妳又偷聽。」

「這麼近，我不想聽也會聽到啦。」余若青雖然紅著臉，卻是忍著笑說。

「和妳交朋友真是糟糕。」鄧山大嘆一口氣。

「可是你現在膽子好像變大了。」余若青掩著嘴直笑說。

鄧山直翻白眼：「妳要不要說完天選的事情啊……」

「啊。」余若青一驚，皺眉說：「都是你愛扯別的。」

「我……我……」鄧山張口結舌。

余若青不等鄧山掙扎，接著說：「總之，天選那些人不是好人，我看到就有火。」

「強迫人參加這是不對。」鄧山沉吟說：「其他的想法倒是有他們的道理……或許該和他們談談。」

「我們在這兒的人手太少。」余若青思考著說：「錢也不夠多，對方經過這二十多年，勢力應該更大了……我該趕快安排企業運作起來，還要想辦法弄更多錢，沒人、沒錢、沒情報的話，根本不知道對方的能耐。」

說到這個，余若青突然白了鄧山一眼說：「還要保護你！你想陪你的語蓉對吧？可是我得辦事情……怎辦？」

「妳就去辦啊。」鄧山說：「我不會有事的。」

「不行，你被天選盯上了耶。」余若青說：「而且你還受了傷。」

「我傷差不多好了。」鄧山說。

「你傷好了？」余若青吃驚地說：「怎麼可能，至少要好幾天吧。」

「好了啊。」鄧山動動身子說：「眞的。」

「你練的是什麼怪功啊……怎麼一面聊天，一面就治好了？」余若青說：「聽說是你自己亂練的？」

「呃……這不重要啦。」鄧山只好拉回話題：「妳要辦的事情，比我的安全還急迫吧，不要管我了，快去忙。」

余若青思考了一下，搖頭說：「那件事雖然急迫，但我是因爲保護你而來的，不能本末倒置……誰教你不肯用追蹤器……」

「追蹤器……」鄧山停了停說：「可以設定成只有妳接收嗎？」

「可以啊。」余若青驚喜地回答：「你願意帶了？」

「妳這樣跟著監視，比追蹤器還可怕，和背後靈一樣……」鄧山苦笑說：「可是要把聲音關掉，不准偷聽。」

「保證不偷聽。」余若青紅著臉笑說：「我才不敢再聽……誰知道下次你們……會幹什麼……」

聽到這話，鄧山臉也紅了，連忙說：「那個除了知道我位置以外，有什麼用啊？」

「會查覺你身體狀態變化。」余若青說：「你受傷了，或者因爲感覺到危險而產生身體變化，都會回報，我就會以最快速度趕去幫你。」

「好啦好啦。」鄧山說：「戴就戴吧，只有這幾天喔。」

「一言爲定，我去叫康倫送一組來。」余若青高興地跳起，轉身進房使用通訊機去了。

等余若青高興地跑出來，鄧山笑說：「辛苦妳啦，可以去住大飯店了。」

「住這兒感覺也不錯啊。」余若青解決了掛念的問題，心情輕鬆地看著鄧山。看了片刻，臉上突然出現似笑非笑的表情，頗有幾分古怪。

「怎麼了？」鄧山被看得渾身不對勁。

余若青泛著紅霞的臉上帶著笑意，猛搖頭，不說話。

「到底是怎樣？」鄧山莫名其妙。

「都是你不好。」余若青咬著唇說：「我現在一大堆搞不懂的事情，都不知道該問誰。」

「什麼？」鄧山聽不懂，大皺眉頭。

「就是……」余若青掙扎了好久，終於說：「晚上聽到的東西呀，其實我大部分都聽不懂。」

鄧山終於明白，連忙搖手說：「妳別想！不要問我。」

「唉唷……」紅著臉的余若青一面偷笑，一面說：「不然我要去問誰？好難過喔。」

「不關我的事。」鄧山瞪眼說：「我沒跟妳算帳已經很好了，還幫妳解釋？」

「一個問題就好？」余若青舉起一根手指，半撒嬌地說：「好不好？一個。」

鄧山有點遲疑，余若青連忙說：「真的，只問一個就好。好啦……」

鄧山不敢貿然答應，只好說：「妳說說看……」

余若青一直忍著笑意，掙扎好久才扭捏地低聲說：「我想問，什麼叫作……『幫你弄出來』……」

「這個絕對不行！」鄧山跳起來說：「妳快進去睡覺，不然我進去睡。」

「唉唷！」余若青跟著跳起說：「就這一個啦，人家不懂啦。」

「不行。」鄧山決定轉身逃跑，躲到房間裡去。

「別跑，回來。」余若青身法似電，在鄧山關門前已經追了進去。

鄧山只好又衝了出來，兩人追逃半天，直到康倫抵達，鄧山才逃過一劫。

# 異世遊

## 維護世界和平

第二天，擺脫背後靈的鄧山，一大清早就跑去柳語蓉那兒，廝混到中午兩人才出門；撥電話過去柳語蘭那兒，才知道她和去公司忙的余若青，約了晚上一起去逛街，所以下午也不和兩人出門了。鄧山和柳語蓉樂得自在，出門找個地方吃飽之後，又回家你儂我儂了。不過親暱歸親暱，鄧山仍有些收斂，以避免再度失去理性，否則萬一又到最後關頭，而柳語蓉卻一時心軟的話，那可就難以挽回，畢竟鄧山認爲，這種事情還是兩方都有足夠的心理準備之後才做，比較妥當。

至於柳語蓉，則像什麼事都沒發生過一樣，只開開心心地和鄧山膩在一起談心，也不提昨晚的事，反而讓他有點摸不著頭腦。因爲柳語蓉晚上有社團活動，鄧山和她吃過晚餐之後，兩人分頭離開，鄧山的機車基本上已經算是送給柳語蓉了，畢竟他不用機車也不會慢上多少。

今晚柳語蓉有事，余若青和柳語蘭則是約好出去逛街，昨天三個女人擠在一起出現，今晚倒是一個都不見了，鄧山樂得自在，回到家中，打算趁柳語蘭回來之前，躺著睡一覺。

躺在自己床上，一股屬於柳語蘭的淡淡幽香傳入鄧山鼻中。鄧山深吸了一口氣，又嘆了一口氣，趕走腦海中的雜念，閉上眼睛準備睡覺。

「先別睡，準備一下。」金大突然說。

「什麼？」鄧山嚇了一跳。

「該做下一次衝穴了。」金大說。

「衝穴？」鄧山說：「我還以爲有敵人呢，這麼快又要衝啦？」

「本來應該還要幾天的，但你昨天被打一掌，身體產生相對反應，加快了步驟。」金大說：「然後昨天你要做不做的，陽氣聚散之間引得內氣有點不穩，也使這步驟提早了點。」

鄧山聽得有點臉紅，尷尬地說：「怎會不穩反而提早？」

「因爲本來就已經快達到那狀況，內氣一浮動，還沒能貫通的穴竅內氣就開始串連了。」金大接著說：「看起來是提早進度，但是身體準備不夠，會吃更多苦頭。」

好像還是壞處……鄧山尷尬地問：「那我要怎麼配合？」

「和上次築基一樣，全身放鬆，把內氣送來我這。」金大說：「不過這次影響範圍大很多，加上又提早，估計震盪會比較劇烈喔，身體也會比較辛苦。」

鄧山說：「不會有危險吧？」

「該不會。」金大說：「這兒也沒飛禽走獸驚擾，除非有人突然殺進來找你麻煩，那就不好了……還是你有地方用來閉關的嗎？」

怎麼可能有？鄧山嘆口氣。「我去把房間門關上，鎖個安心吧。」

「對了，還有追蹤器會偵查你的身體狀況。」金大說：「先告訴那女人：你在修練，身體會有異常訊號，教她不要緊張……否則她萬一衝進來救你，我們可就白累一場。」

鄧山更擔心了：「有這麼嚴重嗎？會發出警報？」

「剛說了一些原因啦，但最重要的是因爲你太老了。」金大說：「身體不大適應，會有一些反應。」

「眞可怕……」鄧山依囑咐，通知正和柳語蘭逛街的余若青。她倒是有點擔心，多問了幾句，但鄧山自己也搞不清楚自己練的是什麼，只好依照慣例，胡謅應付。

躺回床上，鄧山放鬆身軀，一面緩緩往外運出內息，一面聽金大的交代。

「因爲你等等會受到刺激，所以會影響你送出內息的量。」金大囑咐：「記得儘量維持內息的穩定，就算減少增多也讓它慢慢變化，這要靠你心志夠堅韌才能辦到喔。」

「我儘量。」鄧山說。

「那就開始了。」金大匯聚了鄧山內氣，緩緩灌入全身，隨著這樣的刺激，當初本已貫通的主要經脈開始加速流轉、凝聚、累積。

就好像堤防終於潰堤一樣，分不出是在哪一個刹那，只倏忽間，整片汪洋傾洩而下，當初未能打通的經脈，此時連帶著一路衝開。

這些經脈，有許多都是一般練氣人一輩子不會去打通的脈絡，但因爲金大全身穴竅一體灌入內氣刺激、滋養，這些經脈無分先後地全身貫穿，沒有起點也沒有終點，每一剎那每一部分都在活躍地流轉。

但對於鄧山來說，受到的刺激可也真是大了一點。一般人從小養氣，就算不提那些沒人理會的經脈，要到這種全身經脈貫穿的階段，至少也要花上十年的工夫，而且多半是從幼時就開始修練，逐步打下基礎，調整身體機能。鄧山卻是從未養氣直到二十八歲，不只早已停止發育，更是身形已定、骨節已老，這般天翻地覆的變化，在不到二十日之內產生，全身經脈骨節神經都被這些流轉的內氣沖激、變化著。

所以這一瞬間，鄧山全身鬆麻酥癢各種感覺同時產生，汗水從全身毛孔往外不停滲出，全身各種不適逼得他快跳了起來。

不過他總算靈智未失，還記得金大提醒他內氣必須維持穩定。鄧山心念關注在送出內氣的變化上，調整維持著，除此之外，也沒有多餘心力去思考別的問題了。

過了良久，洶湧激盪的內氣，在金大的控制下，漸漸平緩，身軀的變化也漸漸穩定平靜。鄧山慢慢感覺到，身體似乎又是自己的了，但仔細感覺起來，又覺得身體似乎不是自己的，每一個細胞似乎都正在活躍地跳動著，想告訴自己什麼事情，每一個神經末梢的感覺能力彷彿比以前都增強許多，周圍空氣緩緩流動著，多種複雜的氣味分子上下飄浮，汗濕的衣衫被體熱烘烤騰上一縷縷輕煙，散入虛空混合，一點一滴地改變著周圍。

「完成了。」金大緩緩說。

「完成了？」鄧山依然沉浸在一種全新的感覺之中，停了好幾秒，才說：「是錯覺嗎？我居然覺得你似乎挺累的？」

「我也不知道……這是不是叫作累。」金大說：「這次的身體反應超過我的估計，你全身每一個穴竅體脈幾乎都在分頭造反，我心思分散到無法可分，又要維持著能量的穩定出入，每次能量和各穴脈間的不穩震盪，都造成你和我的負擔與傷害。對你來說，那些損失幾乎沒感覺，但我實際體積本來就不大，所以完成的時候大約損失了近四分之一的軀體。」

「什麼？」鄧山吃了一驚說：「怎會如此。」

「我參考了我知道的各種功法原理，配合金靈的特有能力，創出了這種修練法。」金大說：「理論上可以速成，事實上也是，但難免還是有身體不適應產生的反饋……這是因為你過去從沒練過內氣，才會這樣，如今打通全身經脈，算是大幅調整，日後應該不會再發生這種事了。」

「那你怎麼辦？」鄧山擔心地說：「損失的地方怎麼補回去？」

「這只是小事。」金大說：「我當時如果和金二分開，還會只剩下一半呢，現在只是還有點適應不良，過兩天就好了。」

「那不補回去嗎？」鄧山說。

「還是補回去好了……」金大說：「我雖有損失，但現在的軀體和一般普通金靈差不多，因爲我本來就即將分裂爲二，只不過若就這樣下去，萬一你死了，我和金二分裂，好像就眞的太小了點……其實一般金靈和人合體後，若有損傷，也是會慢慢增殖補充回去，但是比清醒的金靈慢很多。」

「既然你醒著，就快點完成吧。」鄧山想起昨晚差點摔死的事情，嘆氣說：「我是當然不想死，可是事到臨頭，很多事情很難說……」

「只要讓你更強，就沒這麼容易死了。」金大說：「你全身體脈已經完全打通了，之後就是擴張和凝縮，逐步加強……當你身體準備好接受更大的變化，又有寬裕的時間靜坐調整時，還可以特別閉關突破……總之，當機會到的時候，我會再次提醒你的。」

「好像我連練功都不用操心了。」鄧山抓頭說：「我以前聽人說故事，練功都很辛苦的。」

「因爲我一直在替你忙啊……這樣說你好像會不懂。」金大說著說著，突然說：「一般人的話……是這樣。」

鄧山在這一瞬間，突然感覺到全身好像開了不知多少個孔，有種氣往外消散的感覺，但是事實上他的身體並沒有變小。鄧山將注意力集中到自己身上，感覺全身經脈仍在緩緩流轉，剛剛那一瞬間的不對勁不知是哪兒來的，身體找不出哪邊有問題，卻總覺得少了什麼。

「注意喔，現在開始，才是我幫助之下，你平常的狀況。」金大說完，鄧山又感到好像有東西充氣進來的感覺，而且是來自全身的每一個穴竅，那已經不像剛開始接觸內氣時，麻麻涼涼或者暖暖癢癢的感覺，已經成爲一種很單純的充實與推迫感，而且已經平常到自己忘了這些感覺的存在……也就是說，金大無論何時都匯聚著內氣，通往自己全身穴脈，做著加壓與刺激的動作。

「多餘的內息，你現在已經會自動回送到我的體內。」金大說：「所以，我等於是二十四小時不斷地幫你刺激按摩和擴張全身穴脈……如果一般人想要能有這種效果，得要幾百隻手同時、整天黏在身上輸出內氣按摩刺激。」

「幾百隻手黏著自己……誰會想這樣練。」鄧山不敢想像。

「所以只有我們能用，而且效果很大！我當初跟你解釋過呀。」金大好像精神漸漸好了，說話力氣大了點：「只是你都聽不懂！」

「我現在還是一知半解……不過有比之前好一點點啦……」鄧山笑說：「那今天身體反應

這麼大，又進步多少了？」

「唔……」金大想了想說：「以你現在的能力……搭配上我，可以和那女人過招了。」

「誰？余若青嗎？」鄧山吃了一驚。

「對啊。」金大說：「不會再被她一掌打昏了，但是威力應該還差一點，得靠巧招拐她；再過一段時間，縱然內氣量還是不如她，但可以靠金靈的加成穩贏她。」

「你昨天不是才說，我和她是不同層次的？」鄧山訝然說。

「現在還是呀。」金大得意洋洋地說：「可是不要忘了，她對金靈的體悟不只和我不同層次，而且是差很遠！」

「嘖。」鄧山搖搖頭，爬起身說：「那我又要小心別壓壞家具了……」

「對，功夫練太快的困擾，就是得一直重新適應自己手腳的力量。」金大說。

「啊……這是什麼？」剛下床的鄧山，看到床上一大片汗濕水痕，慌張地說：「我流這麼多汗喔？」

「流汗又怎樣？還死了一堆細胞呢，還有許多不好的東西都順著汗排了出來。」金大說：「你現在身體確實很需要水分。」

「這……語蘭回來怎麼解釋。」鄧山連忙抓起床單，一面深吸了一口氣，又慘叫一聲：

「房間裡也都是怪味。」鄧山忙著打開窗戶，把全套床單、被單換掉，扔去洗衣機裡，再鋪上一套全新的被褥，跟著又去洗澡，把全身衣服換掉，這才稍鬆了一口氣，倒一大杯水喝。

今晚，余若青應該不會留在這兒，那麼……只剩下自己和柳語蘭？語蓉該不會擔心吧……自己就算曾經挺喜歡柳語蘭，但總是缺乏那一份感覺，否則就算柳語蘭一直有交往對象，偶爾也是有空窗期的，而這種時刻，過去自己總是第一個知道……眞要趁虛而入，並不是一直沒有機會。

想到昨晚對柳語蘭說的話，鄧山苦笑搖搖頭，或者當年自己眞是膽子太小？又或者語蘭不如語蓉主動？所以也就這麼蹉跎過去了……總之，別再想著她了……有時間的話，就多想想語蓉吧，語蓉外貌無可挑剔不用說，心思也十分細密聰慧，和自己相處時雖然表現得頗依賴，實際上卻很獨立，從沒在不應該的時候胡纏過自己，自己能獲得這樣的女子垂青，已經是上天賜福了，豈可更有妄念？語蓉回家後，要不要再去找她呢？還是不要吧，白天和晚上不同，到了睡前還膩在一起，難保不失去理性……

鄧山搖搖頭，自己本來打算回來躺一躺的，沒想到被金大這麼一搞，好像吃了興奮劑，全身充滿精力，還是出門去逛逛好了。

鄧山下了決定，當下拿著家門鎖匙，走出屋外。

「不去屋頂跳嗎？今天會比昨天跳得遠很多喔。」金大看鄧山走入電梯，訝異地問。

「偶爾也學一下平常人走路。」鄧山說：「下面那條路，沿河過去有個小公園，去那邊隨便逛逛吧。」

「喔，隨你。」金大並不反對。鄧山安步當車，緩緩走在車來車往的街道上，台中越來越進步了，雖然仍比不上首善之都、捷運動線方便的台北，但已經比八年前來這兒讀書時繁榮許多，路上的汽機車遠比行人多更多。

鄧山不知為什麼，突然回頭看了一下，與半條街遠處，一個年輕人目光相對，那年輕人隨即轉頭，望著一旁的店面，似乎頗有興趣。

是錯覺嗎？鄧山皺眉回頭，繼續往前走，但心思自然而然地往後注意，果然感覺到自己一舉步，那年輕人馬上跟著走，而且保持一樣的速度。「唔？這不是金靈那種感覺。」鄧山突然說。

「對。」金大說：「這是內氣散出外面的感應，就是小女人那種。」

「我也可以喔？」鄧山把心神外擴，周圍空間的各種聲息動盪，一一觸動著自己心神，只不過距離不遠，頂多二、三十公尺，和余若青的百公尺差太多，更不如金靈的能量感應。

「能量感應和這種性質不同，兩種都要習慣留意。」金大說：「那人是有點像在跟蹤你。」

「眞的？」鄧山又轉頭偷看一眼，那人果然又迅速轉頭，假裝瀏覽著一旁的店家。

「被跟蹤的人，好像很少這麼主動讓對方明白……你知道自己被跟蹤了。」金大說。

「呃……」這話好像頗有道理，鄧山苦笑說：「我第一次被人跟蹤耶，好奇怪，我該去問他跟著我幹嘛嗎？」

「這我就不知道了。」金大說：「以前四個共生者的處理方式都不同，你自己決定吧？」

「好吧。」鄧山個性是多一事不如少一事，於是說：「那我不理他。」

「你……果然和別人都不同……」金大只好這樣說。

「很奇怪嗎？我覺得不會呀。」鄧山笑說。

不久，鄧山就走到了他的目標——公園，這兒不是那種大型公園，而是在城市規劃中，那種佔地不大的中型綠地，當然仍有植樹、草地、花圃、魚池等等一般設施，但從一邊走到另外一邊只需兩、三分鐘。

這樣的小公園並沒有什麼隱敝的地方讓情侶幽會，也沒地方讓流浪漢窩身，也就是說，到了晚上，幾乎沒什麼人留連於此。鄧山輕鬆地在草地上逛著，體會著在如今全新感官反應下，綠地林木之間能感受到的各種不同氣息。

「是我啦。」這聲音從公園門口那兒傳來……是那跟蹤的人。

「怎樣，他到哪邊了？」

這像是手機傳出的聲音，他在和人講手機？

「那傢伙到惠東公園了，知道嗎？惠東路和南河路交口。」跟蹤的小夥子又說。

「好，知道了，我跟老大說，他死定了。」電話說完，掛斷了。

鄧山聽完，難以置信地對金大說：「好像是……找人來打我耶？」

「普通人的話……」一直精神不是頂好的金大興奮起來，嚷嚷說：「來幾十幾百個都不用擔心，通通交給我！全部打昏。」

鄧山搖頭說：「你出手太重了，上次你就……啊，難道就是上次醫院那三人？」

「喔？」金大說：「我記得！一個被我踢飛那次？」

「對啊，我可沒結過別的仇家……天選的也不像這種感覺……」鄧山說：「對啦，不能交給你，你說不傷人，還把人踢昏。」

「那是意外！」金大抗議說：「我只是踢飛他，他撞到後面的牆壁昏倒是意外，抗議！」

「抗議無效。」鄧山說：「除非我打不過，否則你有時間的話，先恢復你的身軀吧。」

「嗄？」金大說：「那個無所謂啦，影響不大。」

「不大好。」鄧山說：「這次就去掉四分之一，萬一下次又有意外，少了一半怎麼辦？我不知道你這軀體結構是怎麼樣，萬一突然變笨或失去記憶那就麻煩了。」

「唔……」金大似乎沒想到過這一點，呆了呆才說：「對喔，我也不清楚我有沒有所謂的大腦，我看眞的要先努力點長大好了。」

「反正如果眞是那些小混混找人來，我也沒什麼好怕的，對吧。」鄧山知道自己在另一個世界還算不上什麼，但是在這個世界，鄧山還眞已經有點信心了。

「對。」金大說：「但你剛剛才又進步，你才要小心出手太重。」

「啊！」鄧山連忙走到一株樹旁，輕輕地點戳捶打，熟悉出手的力道。

「很多……車……是機車，爲了打我來這麼多人喔？」鄧山感受到能量逼近，從能量的分布，加上鄧山對這世界的了解，很快就掌握到狀況。

他們不可能知道自己的能力，怎會來這麼多人？鄧山十分意外，本以爲頂多有七、八個人，怎麼好像來了二十多個？

「幹，在那邊！」幾個走得比較快的混混，遠遠看到鄧山，開口就叫了起來，有的開始快步奔來。

鄧山轉過頭，看那群人大多是十幾二十歲的青少年，有的拿著棒球棒，有的拿著機車大鎖，還有人拿著安全帽當武器。鄧山放了心，這種樣子絕不是天選者，也就是說，一些混混而已，鄧山轉過頭，悠閒地揹著手。

這樣有沒有很像大俠？鄧山自嘲地想了想，又覺得背著手好像太怪，可是左右垂下又不大對，到底該把手擺哪兒呢？

「拿個武器感覺就對了。」金大建議：「左邊遠遠那個手上的棍子可以拿來用。」

鄧山望過去，那是根只有一公尺半的短棍，雖說是短棍，對這些機車混混來說，可不是這麼好攜帶，真虧他拿著跑。

鄧山對金大說：「不拿武器了，免得真的打傷人，我還得吃官司。」

「自衛會吃官司？」金大訝異地說：「我們那邊不會。」

「也許不會……」鄧山說：「我也不清楚啦。」

按道理，對方要是一直快速衝來，早已經殺到鄧山身邊了。不過人就是這樣，要是鄧山看到這凶神惡煞般的一群人就轉身逃跑，這群惡少一定滿嘴髒話追上，但是看鄧山動也不動冷靜地望著眾人，這些少年反而有點驚疑了，人人腳步放慢，誰也不敢貿然衝上去。

但緩緩走也是會走到的，惡少們四面散開，把鄧山圍住，在不遠的路燈下，每個人的臉孔都清楚地顯現出來。

「幹，膽子倒是挺大的。」一個看來在眾人中較年長的青年罵了一句：「就是他嗎？」

「就是他！」另一人應聲。

鄧山望去，對方似乎有點面熟，而且是個亂草頭，很可能是醫院三人之一，不過實在說，真的不大記得了。

「是他是他！」金大說：「我踢飛的那個。」

金大記憶力比自己好多了，既然記得就該沒錯。鄧山點頭說：「有什麼事嗎？」

「大哥。」突然一旁有個少年，走到第一個發話的青年身旁，臉色有點怪異地低聲說：「這我以前老師耶，補習班的。」

「什麼？」那個大哥怔了怔，瞪眼說：「老師又怎樣？」

「沒啦。」少年退開兩步，臉上神色仍是有點古怪。

「我記得你。」鄧山一聽，還眞的被提醒了，不過想不起來他的名字，鄧山搖頭說：「哎呀，你頭髮怎麼也變這樣？差點認不出來，沒繼續念了嗎？」

「有啦。」少年尷尬地回答：「東強高中。」

「你們學校居然准你們留這種頭？」鄧山嘆氣說：「那你這麼晚怎麼還不回家？」

少年無言以對，支支吾吾地說：「我……」

「欸，你這老師！幹你娘，管這麼多幹嘛？」那個老大火了，轉回頭又罵說：「你也是白痴，要不要順便跟你老師說自己住址？你娘勒。」

鄧山皺眉說：「小朋友滿嘴髒話就算了，你年紀和我差不多了吧？別教壞小孩。」

「幹！」老大拿著手上的棒球棒，向著鄧山腦門直接揮過來。

鄧山微微一側身，躲開棒球棒，一面說：「你們今天爲了什麼來的，不先說出來才動手啊？」

老大沒料到整個揮空，身子失去平衡，差點撞到鄧山身上。他退開兩步穩住身子，哇哇叫說：「幹，看什麼，扁他啦。」

一下子周圍的青少年們同聲叫幹、穢語亂飛，比較近的拿著手上武器就揮了過來，遠些的擠不過來，就吶喊助威。鄧山不想還手，快走兩步，從武器的空隙中閃出，看起來不是很快，但是每當武器接近的時候，他才突然微閃加速，對方自然只能打空。

惡少們只看他緩緩踏了五、六步，就莫名其妙地走到人圈之外，一個個不禁愣在那兒。要是半個月前的鄧山，就算有這般眼力和內氣，也未必能這麼漂亮地閃出二十多人的包圍，主要是金大和鄧山過招了一段時間，鄧山閃避動作已經十分熟練，能很流暢地在最短距離下避開。

眼看他們都發呆了，鄧山也覺得挺無聊的，說老實話，在補習班當了一年老師，鄧山看到這些不自愛的小混混，都恨不得抓起來打屁股，但又怕自己不適應剛增加的內氣，萬一傷人就不好了。

「媽的跑好快。」老大回過神來，領著眾人又轉身追擊。

要是今天換成別人，就算不死，也得進醫院了。鄧山火氣有點上來，突然往前一飄，倏然站到那老大面前，舉手奪過他的球棒，只一閃間，球棒便停在他腦門上。在他驚嚇的慘叫接近尾聲的時候，才拿球棒輕輕碰了一下他腦袋，沉聲問：「你眞想死嗎？」

那老大連球棒怎麼丟的都不知道，他只感覺到鄧山突然出現在自己面前，跟著莫名冒出根球棒正對著自己腦袋揮，他嚇得閉上眼睛，慘叫半天，突然腦門被輕敲了一下，耳中才聽到鄧山的聲音。

老大睜開眼睛，這才發現鄧山手中的居然是自己的球棒，他腿一軟，連滾帶爬地退開了好幾步，周圍小弟連忙擁上保護大哥。

老大揉揉自己腦門，發現沒事，膽子又大了點，他搶過身旁一個手下的機車大鎖，怒斥：「你們都在幹嘛?還不揍他？」

十幾歲的年輕人正是瞀不畏死的歲數，雖然剛剛看不清鄧山身形，卻不足以嚇阻他們，一群人又圍了上去，不過老大這次學乖了，雖然看起來也有往上衝，卻是在人群外閃來閃去，大聲叫嚷。真的沒完沒了嗎？該把他們打倒嗎？鄧山一面閃避，一面有點頭疼之際，突然感應到一股能量正高速衝來。鄧山一愣抬頭，只見數十公尺外的一個四樓公寓上，一道白影閃過，斜斜直撲公園。

那白影點地間足掌齊施，砰咚乒乓的一連串響聲在周圍響起，一面還交雜著鄧山的呼喊：「別太重手，都是小朋友……輕點……唉……」此時白影已經靜立在鄧山旁邊，周圍那些惡少倒了一片，一個個哼哼哈哈地唉唷連聲。鄧山仔細看過去，看似乎都沒人受重傷，這才鬆一口氣說：「還好。」

「我有留手了。」突然冒出來的正是余若青，她右手扠著腰，皺眉說：「這些廢物是哪兒來的？這樣也有警訊傳來？」

「警訊？」鄧山訝異的說。

「大概是你有點緊張吧。」余若青說：「遇敵反應是綜合型的判斷，你剛才是自覺有敵人，所以身體有相對的反應。」

「我很少打架。」鄧山苦笑看著余若青，卻不禁呆在那兒。

余若青此時穿了件顯露腰身的白底水墨花樣、喇叭袖上衣，往旁滑開的領口，露出嬌小圓潤的半個香肩，下身是一條沒有多餘修飾的白色短裙，修長的雙腿下方，是雙白色中統靴型布鞋。這套裝扮基本上以白色系爲主，而上半身的水墨花樣，則是用墨色勾勒出幾朵枝葉，最後在花瓣部分點上一抹增艷的淺淺粉桃。整個人的味道和昨天完全不同，這樣的余若青，看起來俏美可喜，十分亮眼。

余若青發現鄧山張大嘴正打量著自己，臉上微微一紅說：「語蘭剛剛幫我選的，好看嗎？」

「好看好看。」鄧山點頭吃驚地說：「眞的完全不同了，原來語蘭也會選衣服。」

余若青似乎頗高興，又有點害臊地說：「這是先買的，就換上繼續逛，還有買很多不同的，不過穿裙子還是不大方便。」

這短裙雖然沒緊到束住大腿，卻也挺窄的，剛剛她是怎麼踢人的？鄧山回想著畫面，這才發現剛剛沒仔細看，不禁覺得有點可惜。

「啊。」余若青突然驚呼一聲說：「這些人，你對付沒問題吧？」

「應該吧，只是我剛狠不下心，沒有動手。」鄧山說。

「語蘭還在百貨公司，我趕回去喔。」余若青噗嗤一笑，彈身飛射出公園，一轉眼就沒了蹤影。

「欸……妳們幾點……回……家？」鄧山說到後來聲音越來越小，因爲余若青早已不知道衝到哪兒去了。

這女人……她不會覺得被人看到很難解釋嗎？鄧山望著四面一臉吃驚的混混們，嘆口氣，走到那個老大身旁蹲下說：「你今天找我什麼事？」

「沒……沒事，大哥，放過我們，拜託拜託……」那老大只差沒哭出來。卻是剛剛他因爲恐懼鄧山，閃在最外圍裝腔作勢，恰好被從外圍殺入的余若青第一個逮到，余若青只隨手一揮就把他左手打斷，發現這些人沒練過功夫後，下手才放輕了些，所以眞正受了比較嚴重傷勢的，只有這位老大。

「明明有事。」鄧山說：「可是，你因爲一個小弟被我輕輕踢一下，就帶這麼多人來打我，會不會太奇怪啊？」

「我不敢了，我不敢了。」老大忙說：「是那些人叫我來的……」

「哪些人？」鄧山訝異地說。

「兩個外國人……」老大說：「他們要我們來替那三個……三個白痴報仇，說我每叫一個人來就給五千，所以我才叫這麼多人……」

外國人？天選嗎……這些傢伙，還以爲他們是好人。鄧山皺眉，四面望望說：「他們怎麼知道你們來多少人。」

「他們說會有辦法知道。」老大說：「我以後不敢了，饒了我。」

「剛剛看到的事情……」鄧山遲疑了一下說：「有些挺難解釋的，可以麻煩你忘記嗎？」

「忘記？……喔，一定……一定忘記。」老大連聲說。

「也要叫他們忘記喔。」鄧山指指其他人。

「聽到沒有，通通都……都要忘記。」老大連忙大吼，一群混混只好跟著點頭。

他們要是到處亂說，自己也是沒辦法了。鄧山嘆口氣，看著老大一直抱著角度有點奇怪的左手，忍不住伸手問：「你手怎麼了？」鄧山摸了一下，老大馬上跟殺豬一樣慘叫起來，嚇得鄧山連忙縮手站起。

鄧山走到那個當年學生旁邊說：「還好嗎？有沒有受傷。」

那少年用和當年上課時，完全不同的眼光看著鄧山，膽怯地搖頭說：「腿突然麻了，沒……沒事。」

看來余若青是用內氣震盪他們麻筋，鄧山點頭說：「那一下就會好了，以後還是少出來混，晚上早點回家唸唸書，好不好？」

「呃……是，謝謝老師。」那少年只好這樣回答。

「好了，以後不要來找我了，大家再見囉。」鄧山對大家搖手，這才轉身慢吞吞地離開。

一人五千……剛剛這批二十多人就要花十多萬，天選那些人可眞是大手筆，不過說不定他們不會付？鄧山對於如何和黑道打交道並沒概念，想不通也就不想了，現在他比較擔心的部分，是過幾天自己又要去另一個世界，這些天選傢伙若找不到自己，會不會找語蓉或語蘭兩姊妹？又或者會不會干擾到自己家人？

萬一會的話，這可就當眞很麻煩了。

鄧山正煩惱，突然心中傳來奇怪的感覺，鄧山抬頭往一旁大樓上方看去，突然看到一抹亮光閃過消失，也不知道是什麼。

這是什麼感覺？鄧山訝然自問，這不是金靈感應，也不是內氣感應……唔，當時知道跟蹤者的行動細節，是內氣感應，但發現對方卻不是因爲內氣……也是這種莫名的感覺。

「喔！」金大突然說：「這是類似神意的感覺，不錯不錯，不是每個人都有。」

「什麼東西？」鄧山訝然問。

「對方望著你，或者用內氣心神鎖定你，無論用哪種方式，會有神意傳遞到你身上。」金大說：「對這種神意有感覺的，就會有感應。你今天全身經過內氣浸潤，反應大幅增強，這種反應也提升了，這是好事，以後那女人不容易偷聽你了。」

「還有這種東西？」鄧山訝異地說。

「有些人會。」金大說：「前方有一群人走過，你目光掃過，很容易就能找到誰正看著你，就是神意的感應，否則一雙雙眼睛看過去，要找多久？」

「唔……好像眞有這種事。」鄧山說。

「一般人是眼睛與眉心處比較能接收這種訊息。」金大說：「當你因爲內氣而提升身體能力時，就有機會隨之提升這方面的能力。」

所以……這意思是，對面那大樓上有人正偷看我？鄧山一面想，一面把心神往那兒注意，因爲稍遠了些，只有金靈感應能察覺，沒錯，那兒正有兩團能量……

鄧山眼見四下無人，往前飛射，落到大樓三樓外牆上的橫梁，然後迅速往上躍，五個跳躍，就騰上了十五樓高。鄧山一面心想，果然今天內氣提升許多，沒靠金大，還能一躍三樓，昨天以前只能一樓半高吧？

鄧山就這麼衝上樓頂，飄身落下，果然看到那兩個外國人正站在那兒東張西望，叫提姆的那個還拿著手提數位攝影機。這兩個傢伙偷拍嗎？鄧山二話不說衝過去，舉手搶過攝影機說：「你們在幹嘛？」

「噢！」昨晚說一堆話的老外約翰又開始叫了：「鄧山先生，請不要搶走我們的攝影機。」

懶得理你。鄧山按著攝影機的回轉和放映，看了看，果然是剛剛公園那場混戰的影片。鄧山沉著臉，取出記憶卡說：「你們拍這做什麼？」

「噢……不……那個卡。」約翰擠出笑容說：「我們沒有惡意的，既然剛好遇到，就先聊聊吧？」

「你們還眞敢說。」鄧山把卡捏成兩半，扔在地上說：「居然找那些人對付我？」

「我們當然知道他們打不贏你啊。」約翰苦著臉說：「我們只是希望多一點資料。」

「就不能相安無事嗎？」鄧山說：「你們過你們的生活，我過我的生活，不要再來打擾我了。」

「鄧山先生，每個人一開始都這樣的，我們很體會。」約翰說：「可是被選中的，是有責任的，應該要……挺身而出。」

「你中文眞的說得很好。」鄧山說。

「謝謝。」約翰露出一口白牙，笑說：「我是派駐在上海分所的，常說中文，這次特別趕來和你聯繫。」

「上海？」鄧山一呆。

「對的。」約翰說：「台灣沒有設立分所，我們兩人從香港轉機來，上海其他夥伴不容易來。」

「怎麼不容易來……」鄧山剛說出口隨即醒悟，可能是因爲政治與身分的關係，只擁有中共國籍的對岸人民，並不是這麼方便來台灣。鄧山不再問此事，轉過話題說：「你們都不管別人的意願，一定要強迫別人加入嗎？這樣豈不是太霸道了？」

「爸道？八道……？」兩名老外同時露出一臉問號。

聽不懂嗎？鄧山說：「就是……強迫別人，不管別人的自由啦。自由意志總懂吧，你們老外最愛說了。」

「噢……不自由！」約翰懂了，連忙搖頭說：「我們是有苦衷的，所以我們才努力地解釋，我們不希望強迫你的。」

「但如果我堅持不答應呢？」鄧山冷著臉說：「你們就要變成壞人嗎？變成恐怖分子嗎？要拿我親戚朋友來威脅我嗎？」

「不會的。」約翰連忙搖手，只苦著臉說：「只會想辦法請走你，不會對付其他人的，可是請走你的方法就比較……這個……不是很好的，還是自己願意比較好。」

這樣聽起來安心些了……鄧山搖頭說：「我不會去的，但你們一直騷擾我的話，我……我會去報警喔。」

兩個老外倒是一起笑了，那人攤手說：「你們警察是幫我們的，報警沒有用。」

「爲什麼？」鄧山瞪眼問。

「我們的業務和很多國家名人、政要關係很好。」約翰笑著說：「雖然和台灣的政府沒什麼聯繫，但是只要透過美國政府連絡，一切還是方便的。我們兩個現在的身分，就是美國在台協會台北辦事處裡的人員。」

台灣官員、政治人物從上到下，不分執政、在野、顏色、立場，通通怕美國怕得要命，如果這兩個傢伙眞有這種身分，那自己可眞倒楣了，就算他們不強來，死命這樣騷擾也很討厭；而且萬一又給余若青看到，說不定眞把他們殺了，那事情就鬧大了。

想到余若青，鄧山心中微微一緊說：「你們除了找我，還有別的目標嗎？」

「噢！」約翰以拳擊掌說：「那個美麗又很兇的小姐！也是天選者。」

「你們最好別惹她……她的事情你們呈報上去了嗎？」鄧山問。

那兩人對看一眼，約翰遲疑片刻才開口說：「爲什麼這樣問？」

「如果你們答應不牽扯她……」鄧山說：「我可以私下和你們聊深入一點……」

兩個老外突然嘰哩咕嚕的，用英文說起話來。鄧山這可傻眼了，當年雖然唸過一些，但是這麼快速的對話，可就聽不懂了。

金大卻忍不住大叫：「那是什麼？什麼咒語？」

「那是英文。」鄧山解釋：「其他國家的語言。」

「什麼呀！」金大說：「都是人類，幹嘛用不同的語言？」

「這是有歷史原因的。」鄧山突然想起一個問題：「不過說也奇怪……爲什麼你們那世界剛好都用中文？」

「中文？」金大也不懂。「就是我和你使用的語言和文字。」鄧山說。

「我哪知道？」金大說：「我五百年來只聽過這種。」

「眞怪……」鄧山嘆了一口氣說：「但也挺不錯……至少那世界不用學英文……」

此時那兩個老外已經討論完畢，約翰笑嘻嘻地轉頭對鄧山說：「我們決定了，我們答應你的要求，暫時不呈報那個小姐的事情。」

「好吧。」鄧山說：「那你們告訴我，如果加入你們，要做些什麼？」

「一開始先去最近的分部。」約翰說：「做詳細的身體檢查，這大概要花一個月的時間，我們經驗豐富，可以詳細地訂定出你的特質方向……」

「還是算了。」鄧山說：「我事情多得很，怎麼能一跑一個月？而且台灣又沒分部，你們要我去上海嗎？」

約翰連忙說：「這可以商量的。」

「怎麼說？」鄧山問。

「有事情，可以請假；不喜歡上海，可以去美國啊。」約翰說：「紐約分部、洛杉磯分部、芝加哥分部……」

「我寧願去上海。」鄧山揮手說：「聽得懂我說話的人還多點，又近……只有上海嗎？香港更方便，有沒有？」

約翰搓手說：「噢，沒有，中國另一個分部在拉薩，非常遠。」

「好吧……上海就上海……」鄧山說。

「噢，太好了。」約翰高興地說：「我代表上海分部歡迎你。」

「不要急。」鄧山說：「我還不算答應你們了……假如加入以後呢，都幹什麼？」

約翰挺起胸膛，正色說：「當然是……使用我們的能力，維護世界和平！」

鄧山呆了呆，翻白眼說：「你把我當小學生嗎？不要跟我說卡通和漫畫的台詞！你就老實說吧……或者，換個不要這麼好聽的說法？」

約翰看了提姆一眼，似乎有點無奈，這才說：「比如說，若有天選者不當使用異能，我們會派人制止他，並請他回分部。」

這就有點道理了，鄧山沉吟片刻說：「我明白了，怎麼和你們聯繫？」

「這是我的名片，上面有電話號碼。」約翰高興地遞過來。

「先讓我考慮考慮。」鄧山說：「大約十天，不……半個月以後再與你聯繫，可以嗎？別再整天跟著我了。」

「半個月……」約翰有點遲疑地說：「你上次也消失了半個月……」

「那是我的事。」鄧山說：「對了，也別再來我家偷裝攝影機！」

會被鄧山猜出是自己組織裝的也不意外，約翰只能尷尬地傻笑。

「那就這樣。」鄧山說：「半個月以後再聯繫。」說完，鄧山也不等約翰再說什麼，將攝影機扔給提姆，點地彈身，在一間間大樓頂上，迅速飛掠而去。

一面飛射，鄧山一面想，這半個月是非等不可，否則要是余若青發現自己和天選的人在一起，說不定翻臉動手，把這些人打死打傷，那可就難以收拾。而半個月後，自己該已取得較技比賽的資格返回這邊，余若青不管來不來，至少該不會再負責「保護」自己，這樣才有時間慢慢搞清楚這些人想做什麼。既然不想搬去另一個世界定居，不應付一下這些人，以後還不知道有多少麻煩。

望著鄧山遠去，約翰與提姆對看一眼，提姆緩緩走到鄧山剛站的地方，撿起那裂成兩半的記憶卡，握在手心片刻後緩緩打開，記憶卡居然又恢復成了原來的模樣，兩人這才相對一笑，轉身離開這棟大樓。

# 異世遊

## 金靈失控

鄧山應付了來自「天選研究中心」的兩名老外後，也沒什麼興趣繼續逛街了，他一路往家裡彈飛，一面在想，這些人既然遠在上海，自己不過在路上扳開一個車禍的鋼板，怎麼就千里迢迢地找上門來？消息會不會太靈通了？

「你眞的要加入他們？」金大突然問。

「這還不一定。」鄧山說：「如果他們眞的不是壞人，也未嘗不可啊，他們一直都挺客氣的，可能余小姐當年還小，芝姊給了她錯誤的印象。」

「我是沒意見，感覺那組織好像也會有架可以打。」金大說：「不過你兩邊忙，會不會分身乏術啊？萬一有衝突怎辦？」

「我也不知道。」鄧山說：「不過另一邊是欠債，這兒可不是……到時候先跟他們說清楚，不行就拉倒算了。」

「你要小心點，剛那兩個人，好像會用一種能量，是我從沒看過的類型。」金大說：「不知道那種能量可以幹什麼。」

「喔？」鄧山分辨不了這麼細微，訝異地說：「怎麼說。」

「反正不同於神能也不同於內氣。」金大說：「他們身體像普通人，但是隨著情緒轉變，身體外有一股我很不熟悉的能量忽聚忽散；尤其你剛搶走那機器的時候，能量聚集得最明顯……那些能量應該和他們有關，但是又找不出到底是哪邊有關係，也就是說，他們會怎麼使用，我一點概念都沒有，小心吃虧。」

「唔……」鄧山還眞有點擔心，畢竟半個多月前，他也只是個補習班老師而已，眼前的世界看似相同，自己涉入的事情卻不斷改變，不明白的事越來越多，到底該怎麼去調適？

公園離鄧山家本就不遠，鄧山和金大在心中隨便聊了幾句，就飛彈到了自家房頂。回家後，又過了一段時間，洗衣機運轉完畢，傳出提示訊息聲，鄧山便在後陽台拿起床單、被單，將之攤掛、晾乾。

此時，客廳那兒也剛巧傳來開門的聲響，卻是柳語蘭和余若青兩人一起回來了。

余若青今晚還要住這兒嗎？鄧山微微一喜，畢竟長夜漫漫，對於不大需要睡覺的人來說，一個人發呆實在也挺無聊。鄧山對余若青當然沒有任何不該有的希冀，但能和一個嬌美女子促膝聊天，度過漫漫長夜，畢竟是件挺愉快的事情。

「阿山，你在幹嘛呀？我們有買宵夜回來。」柳語蘭大呼小叫地尋找，在廚房通往陽台的地方發現了鄧山，柳語蘭訝異地說：「你幹嘛洗被單？我走之前會幫你洗乾淨的。」

「喔，這個……」鄧山說：「我幫妳換了一組乾淨的。」

「我才換了沒幾天……」柳語蘭皺眉說：「你什麼時候這麼勤快了？奇怪……你下午不是

說要回來睡覺？還是你換新的睡？啊！難道你嫌我睡過的不乾淨？」說著說著，柳語蘭手臂盤在胸前，興師問罪起來。

「沒啦沒啦。」鄧山晾好了，一面回屋中一面說：「新換上去的我沒睡過，我睡的是這組，所以乾脆洗一洗。」

「眞的嗎？」柳語蘭跑去房間裡面檢查半天，又跳出來說：「眞的沒用過……你好奇怪，什麼時候這麼好心了，有問題……唔……晚上我妹妹來過嗎？」

「什麼啦，妳想到哪邊去了？」鄧山看余若青一直在旁掩著嘴笑，不好意思地說：「別胡鬧了，妳們買了多少東西？」

「哼，放過你。我們買好多唷！」柳語蘭轉移了注意力，指著余若青對鄧山說：「你看，若青穿這樣好不好看？美呆了，對不對？」

這套其實鄧山不久前已經在公園看過了，不過看過去依然是覺得很舒服，鄧山誠懇地點頭說：「眞的很好看。」

余若青小臉帶著一抹紅，笑著微一點頭，接受了鄧山的讚美。

「最棒的是……若青治裝費居然沒有上限！哈雷路亞！」柳語蘭兩手誇張地往空中伸，讚嘆：「我們買了一車先送去你公司了，若青說，她今晚要回公司睡。」

一車，會不會太誇張……鄧山訝然說：「不住這兒了嗎？才一天，十樓就改建好了嗎？」

「九樓有房間可以先住。」余若青淺笑說。

也對，那兒本來就有房間，余若青昨晚是爲了保護自己才跟來的，鄧山抓抓頭說：「那就好。」

「吃吧。」柳語蘭把各式各樣的食物攤開，分配免洗衛生竹筷，一面說：「今晚我也去和我妹擠好了。」

「怎麼了？」鄧山又是一陣意外。

「若青不住這兒，我還是乖乖閃人比較好。」柳語蘭說：「不然變成我和你孤男寡女了。」

「呃……」鄧山說：「語蓉不會怎樣啦。」

「是嗎？你倒也知道我擔心的不是你。」柳語蘭嘿嘿兩聲，笑得鄧山心中直發毛，不過她馬上換過話題，嘖嘖有聲地說：「而且，今晚你不知道在床上搞什麼，我不敢睡了。」

「什麼呀！」鄧山忙說：「我才沒有。」

「一定有。」柳語蘭用筷子指著鄧山說：「不然幹嘛洗床單？」

「我……」鄧山只好說：「因爲我睡午覺，流了滿身汗啦。」

「現在都十一月了耶！」柳語蘭用力搖頭說：「請換一個理由。」

鄧山翻翻白眼，正想說隨她去，突然一怔，呆了呆才說：「妳眞要過去？」

「眞的啊，怎麼？」柳語蘭說。

「那我……找她來這好了？」鄧山有點爲難地抓頭說。

「居然如此明目張膽！」柳語蘭開玩笑地瞪眼說：「姊姊不准！」

「問題是……」鄧山支支吾吾地說：「妳那組寢具……也在洗啊……還沒乾……」昨晚雖沒當眞雲雨，兩人翻滾半天，可也流了不少汗，今早柳語蓉起床就拿去洗了，現在正晾著呢。

「啊！可惡！」柳語蘭臉紅起來，哇哇叫說：「你們兩個在我床上……」手上的一雙竹筷已經先一步飛出去。

「不……妳誤會了……」鄧山連忙逃跑，躲到房間裡去。

「臭阿山，你給我出來。」柳語蘭扠著腰叫。

「怎……怎樣？」鄧山從牆角探頭出來。

「你今晚去跟我妹擠。」柳語蘭瞪眼說：「不准回來！」

「是……遵旨。」鄧山忍笑說。

「可惡，居然偷笑。」柳語蘭看鄧山的表情，覺得這根本是給他方便，大感吃虧。

一直含笑看著兩人吵鬧的余若青，突然開口說：「語蘭。」

「怎麼？」柳語蘭回過頭，尷尬地說：「不好意思，我們吵慣了，嚇到妳喔？」

「不是。」余若青搖頭說：「妳跟我去公司一起睡好了。」

「對喔！哈哈！」柳語蘭哈哈，指著鄧山說：「死阿山！你今晚不准去騷擾我妹，當作懲罰。」

鄧山哭笑不得地走回，望著余若青，也不知道該不該感激她。

「還有！」柳語蘭想想又嚷：「以後也不准碰我的被子！」

「好啦。」鄧山說：「妳別在余小姐前面一直欺負我啦。」

「對喔。」柳語蘭突然想起，有點尷尬地說：「若青是你總經理……若青，我和他隨便慣了，有些玩笑妳別太認眞喔。」

「不會啦。」余若青回頭對鄧山和氣地說：「反正現在不在公司，你也別開口閉口都是余小姐，和語蘭一樣叫我若青就好，你昨晚不是說我們是朋友？」

「對呀對呀，現在不在公司。」柳語蘭摟著余若青孅腰說：「阿山叫一次若青妹妹。」

鄧山一下子還眞叫不出口，但只不過稍遲疑了幾秒，余若青就有些尷尬地斂起笑容，別過目光強笑說：「不想叫也沒關係，不勉強。」

「若青生氣了。」柳語蘭唯恐天下不亂地嚷：「你還不叫，一個星期不准去看我妹。」

「語蘭，不要胡鬧。」鄧山苦笑說：「叫很簡單啊，只是回公司還不是不能叫。」

「不管。」柳語蘭說：「你看若青都不笑了，快先叫一個。」

「叫就叫。」鄧山橫下心：「若青，怎樣？」

余若青臉一紅，噗嗤笑說：「委屈你了。」

「不敢、不敢。」鄧山白了柳語蘭一眼，暗怪她惹這麻煩。

「其實你在公司這麼叫也沒關係。」余若青一臉無所謂地說，她和鄧山兩人彼此心裡有數，兩人口中的公司都是指另外一個世界。

「眞的嗎？」柳語蘭訝異地問：「不怕被誤會嗎？」

「會嗎？」余若青疑惑地說：「如果你們兩個剛好同公司，鄧山就會改口叫妳柳小姐嗎？」

鄧山和柳語蘭一怔，兩人都覺得眞這麼叫的話，好像有點匪夷所思，畢竟喊了八年，要改口十分困難。

「所以囉。」余若青說：「只要他願意這麼叫，又有什麼好改的？」

「說的也是。」柳語蘭雖然有點想不通，但是也懶得想了，嘻嘻哈哈地說笑了起來。

實際上，鄧山也沒把自己眞當成余若青的下屬，只是沒想到關係會變成這麼親近而已，這是剛認識那個冷冰冰的她時，難以想像的事情，但既然叫了以後皆大歡喜，也不用太過矯情了，又有什麼不能叫了？

余若青心中卻有另外一番感慨，這次本來只是觀察鄧山的狀態，做以後在這世界發展的參考，自己另有部隊需要運作，也未必能常來；而鄧山除了回這世界外，在那個世界，主要就是參加較技比賽，兩人也未必還有碰面的機會，鄧山就算願意叫……也未必有機會。

□

吃罷宵夜，余若青與柳語蘭兩人出門搭乘計程車，返回文中路的公司，鄧山送她們上車之後，一個人回到家中，撥了通電話給柳語蓉，報告柳語蘭的行蹤，另外說了幾句情話。不過顧及柳語蓉第二天還有課，不能太晚睡，兩人很快就互道晚安，掛了電話。

內氣大幅提升的鄧山，精神極佳，現在要睡是睡不著了，問題是又沒別的事情可以做，正不知道怎麼辦時，金大突然說：「門關上，東西推開，我們練棍法吧？」

鄧山一呆說：「空間這麼小怎麼練？」

「只是能用的招式少點。」金大說：「反正你不是無聊？」

「也對。」鄧山擔心地說：「可是你不是要『長肉』？」

「長……長肉不好聽……說增殖我比較習慣。」金大說：「和你過招耗不了多少心力，我還是會繼續長的。」

「什麼耗不了心力！眞沒禮貌，早知道就不問。」鄧山笑罵著把桌椅搬開，一面說：「要把花靈棍拿去吸水嗎？」鄧山嫌花靈之木四個字太麻煩，擅自改名。

「嗯……還要一支武器……」金大說：「把掃把頭扭掉吧，我用那個，也可以當成刀劍和你試招。」反正那掃把頭是可拆卸的，鄧山照著金大的吩咐，做好準備，脫了鞋子，等了片刻，金大突然怪叫一聲：「咦？」

「怎麼？」鄧山愕然問。

「我出不來。」金大說：「我沒法控制金靈部分了。」

「啥？」鄧山大吃一驚說：「別開玩笑了。」

「沒呀！」金大說：「我不知道怎會這樣……我本來一直幫你補氣刺激的動作也停了……好像你和兩個女人在聊天的時候就停了，我竟然沒注意到。」鄧山被金大一提才發現，果然全身周圍那緩緩的壓迫感，不知道什麼時候消失了，自己沒注意到不奇怪，金大沒注意到可就怪了。

「你還好吧？」鄧山心念一轉說：「是不是因爲你身體有損失的關係？」

「是嗎？」金大停了停說：「你控制看看？」

也對，自己該試試，鄧山心念一轉，控制著金靈部分集中到自己手掌上，手掌上很快就浮出一個白色圓球，倒是控制隨心。鄧山將金靈收回，運出內氣往外，又控制著內氣吸納，感覺上和自己過去控制的感覺差異不大。

「還好你控制沒問題。」金大說：「這樣至少和一般共生者差不多……」

「那……」鄧山傻眼說：「資格試，和以後的比賽怎辦……？」

「資格試你應該可以通過……」金大說：「畢竟你已經會使用金靈部分的加成，攻擊威力已經提升不少。」

「只通過資格試也不夠啊……」鄧山嘆口氣說。

「這還不是最重要的，就算我不能動，在我指導下，你慢慢也能爬到一個程度，只是晉升的速度會慢很多。」金大說：「比較麻煩的是另外一個問題。」

「還有別的問題？」鄧山問。

「內氣修練的問題。」金大說：「你現在內氣修練之法，完全是我幫你在練……所以，你體內沒有所謂的氣脈順序，也沒有專一的氣海……如果隨便選一種法門讓你修練，很多經脈都會浪費掉，久而久之會萎縮回去……太可惜。」

「我平常不也是讓這些經脈一直在運轉嗎？」鄧山問。

「運轉和養氣不同。」金大說：「隨著運轉而凝注心神、存心存息、培養內氣，叫作養氣，你同時在運轉的經脈太多，不可能每個穴竅都花心神去養氣；單選幾條路線運行的話，自然會有被忽略的，現在養氣的動作是我在幫你做，才能全身並行。」

「其實這些都不是最重要的。」鄧山坐下說：「你突然間不能控制……會不會突然間失去意識？」

「哇？」金大也吃了一驚：「那可慘了，又要變半昏迷啞巴？我不要！」

「所以還是要找出變成這樣的原因。」鄧山說。

「嗯……」金大說：「你說的對，我得好好想想。」

鄧山沉默片刻突然說：「我有個問題一直想問。」

「怎麼？」金大說。

「金靈部分可以這樣。」鄧山一面說，一面把金靈部分，從腳部送出體外，凝聚成一個白色圓球，與自己只有一線相連。

「對啊。」金大說：「然後按照平常在你身上的相對位置排列，就可以出現人型。」

「那有點複雜……我不會。」鄧山搖頭說：「我不是要問這個。」

「那你要問什麼？」金大問。

「如果我們把這條線截斷，會怎樣？」鄧山比比自己和那圓球之間的線條。

「唔……」金大說：「我不知道耶。」

「你會恢復自由嗎？」鄧山說。

「過去沒聽說誰這樣做過……所以我也沒概念。」金大說：「要猜的話……自由是一種可能，但也可能會感應到你皮膚上殘存的氣息，自動連結回去……或者，被分隔成兩塊的金靈，其中一塊就此死亡？」

「留在我身上的那一小部分會死亡？」鄧山說。

「不一定，說不定是延伸出去的部分。」金大說：「我的意識是同時存在於所有軀體上，和你們大腦不同，無法分割；切斷的那一剎那，不知道會發生什麼事情。」

「還是不要測試好了。」鄧山說：「挺恐怖的。」

「所以正常運用金靈的人，不會讓金靈部分這樣亂跑出體外。」金大說：「不過，這和我現在的狀態無關啊……我的意識既然存在，怎會不能控制軀體？難道我和金二分開了？那我的身體部分呢？」

金大的每個問題，鄧山都無法回答，不過金大也不期待鄧山知道，只是自言自語般地尋思，之後，他安靜下來，似乎繼續思考著。

這麼一來，鄧山也無心修練了，他回房躺在床上，過了一陣子突然叫了一聲：「金大？」

「嗯？」金大應了一聲。

「沒事，你偶爾出個聲……」鄧山說：「我怕你也不見了。」

「好。」金大停了停說：「我意識眞會消失的話，我會儘量在消失前通知你一聲。」

「最好不要消失。」鄧山連忙說。

「知道了。」金大又繼續去沉思了。

鄧山想到這近一個月來，和金大合體的種種，因爲自己所有事情都瞞不了金大，在不得已之下，早已把他當成最好的朋友，如果他突然消失……

「喂！」金大突然出聲：「不要想這麼悲慘的心事！會影響心情。」

「呃……」鄧山老臉發紅說：「誰教你要偷看我想啥。」

「我也沒辦法。」金大說：「去想點快樂的事情，比如和女人交配之類的……別干擾我的思路。」

「去……去你的，你換種說法好不好？好難聽。」鄧山忍不住罵。

「不然去練棍吧。」金大說：「空間雖然小，還是有些招式可以練，有時候在小房間內也會遇到敵人。」

「你問題沒解決，我沒心思練。」鄧山搖頭。

「好吧，那你休息……」金大也不勉強，又安靜了。

鄧山就這麼躺在床上，腦海中各種思緒不斷流轉，有時候想到金大的一切，有時候又想到金大無法恢復，日後會發生多少麻煩。想著想著，時間不斷過去，床外的天空漸漸亮了起來，幾個小時過去了，躺著的鄧山，突然感覺到周身又出現了那股微微的壓迫感。

鄧山吃了一驚，坐起身來說：「金大？」

「唔，正常了。」金大說，一面帶著鄧山的身軀亂蹦了一下。

「怎麼回事？」鄧山說。

「我也不知道……」金大呆了呆說：「我失去控制多久時間？」

「五……六個小時吧？」鄧山說：「如果你說吃宵夜的時候，你就失控的話。」

「六個小時……」金大說：「有點道理，但現在還不能確定是為什麼……如果下次又失控六小時的話……」

「還會這樣嗎？六小時代表什麼？」鄧山苦著臉問。

「我們在自由的時候，不是會休眠嗎？」金大說。

「對呀。」鄧山說：「我那時看影片簡介，好像是每十到十五日休眠一日？你不是說你調整過了？」

「嗯。」金大說：「我改成每次休息六小時，大約二到三日一次，比初生時頻率高些，這樣我可以保持警覺，不會睡太死而被抓走。」

「六小時？」鄧山一驚說：「和這次事情有關嗎？可是，你那時不是說能保持警覺……」

「不知道呀，要猜的話……」金大說：「可能是因為我啟動了增殖機能……」

「你不是說，一般合體金靈也會慢慢增殖？」鄧山說。

「兩種方式不同，合體時的增殖方式慢很多，我是使用自由時的方式。」金大說：「我們自由的時候會需要睡覺，就是因為那時這種增殖機能在運轉，因此需要定時休息……而我啟動後，身體照著過去百年的習慣，感覺累了就休息六小時；不過，這次我叫不醒來，可能是……當我開啟這個機制之後，金二就接手運作了，他讓金靈部分照慣例睡六小時，但因為意識潛藏，所以我們兩個都叫不醒他……不過這也是猜測的，下次又突然六小時失控的話，可能性就很大了。」

「能把增殖機能關了嗎？」鄧山問。

「好像不受我控制了……」金大說：「因爲那個不需要特別用意識控制，就像能量轉換一樣，金二好像接手了。」

「那……多久會休息一次？」鄧山說：「有精確點的估計嗎？」

「我以前……累了就休息啊。」金大說：「兩三天不一定。」

「有分白天晚上嗎？」鄧山問。

「沒有。」金大說：「我又不是人類。」

「這可眞麻煩了……」鄧山抓頭說。

「總之……你更強一點吧。」金大說：「這套棍法你要是熟練，在招式上應該不會落在下風，內氣雖然還有點不足，但是除了武器接觸，動作上造成的影響已經不大了。」

「這套棍法……」鄧山苦著臉說：「我還差得遠吧？」

「你學會的大概七成。」金大說：「熟練的還不到五成，眞打起來，可能只有三成多會拿出來用……嗯，果然差得遠。」

也不用說這麼清楚……鄧山苦著臉說：「那……還是快來練吧。」

□

兩天之後的晚上，金大果然又再度無法控制金靈，而且時間也是六個小時左右，雖然不能因此確定金大的推測正確，但既然想不出其他原因，也就只能這樣猜了。

除了金靈失控這意外，其他事情倒是很正常，平靜的生活過得很快，鄧山有時和柳語蘭去拜訪一些老師故舊，有時和柳語蓉約會。數日後，公司房間準備妥當，鄧山拿著花靈棍，帶著衣包，搬去公司，之後空餘的時間，就多與金大拆招練招，對花靈棍法也多記得了不少。因爲金大可能會不定時故障，鄧山這幾日倒是更用心了些，而金大就算無法控制金靈，意識倒是十分清楚，一樣可以指點鄧山練習。

鄧山既然搬去公司，柳語蘭沒有其他顧忌，又搬去鄧山家住，畢竟她也不好意思開口問妹妹那套寢具到底乾了沒有。

而天選研究中心的約翰和提姆似乎頗守信諾，這幾日都沒來騷擾，這也讓鄧山心中頗有好感，心中暗暗決定，下次回來，眞可以考慮更多了解一下他們運作的方式。

至於余若青，這幾日倒是很少見到，似乎十分忙碌，她偶爾會來問候一下鄧山，也會稍提一下她對這間公司的調整，但是待的時間都不長，似乎對鄧山頗客氣有禮，好像想刻意保持一定距離。鄧山雖然不明原因，卻也安心不少。

前兩天，余若青拿來在那個世界幫鄧山買的比賽服，也運來小型的測量儀器，這樣鄧山可以一面練習，一面保持內氣輸出値在三千以下，以養成習慣。這衣服吸汗透氣又舒適，髒了泡水甩甩，又乾淨如新，扭緊了晾不到十分鐘就乾。鄧山拿到之後，只要練習時幾乎就一直穿著。

就這樣一直到了十一月十日，也就是那個世界的十月三十日，鄧山該交代的都已經交代好了，現在就是等余若青接自己過去那個世界……

金大第一次無法控制金靈，是五日凌晨，第二次則是七日晚間，算來算去，如果週期不變，今天下午可能還會發生一次，而明日的資格測試，應該還在安全時間內。而且明日只是資格試，就算金大不出手，自己也應該可以通過，所以鄧山心情依然頗輕鬆；他剛和金大結束一個階段的練習，望著窗外漸亮的天空，想起前天余若青曾說過，接近十點的時候才要出發，如今時間還早得很，應該還可以和金大多練幾趟……

此時門口那兒突然傳出響聲，鄧山有點意外，余若青從沒這時候來找過自己，但其他人卻更不可能。鄧山套上一條長褲，疑惑地走過去，把門打開，果然是余若青。她前幾天爲了處理公司事務，大多穿各種套裝，但今天打扮卻十分輕鬆，下身一條紅色貼身運動短褲，上身則是粉色絨毛背心拉鍊外套，裸露在外的修長粉腿、白皙玉臂，讓鄧山不由自主多看了兩眼。

余若青看到鄧山，淺淺地笑說：「早。」

這女人自從知道怎麼打扮之後，眞是越來越讓人不敢多看……鄧山回了一禮，把她讓入房中，這才注意到，她揹在身後的手，居然提著一把細長彎刀。

「累不累？」余若青問。

「還好。」鄧山關上門，訝然說：「若青，妳拿著那是幹嘛？」

「你這幾天都自己練習。」余若青望著鄧山，微笑說：「明天就要資格試了，也許需要人幫忙對招？我想，今天我沒什麼事情……」

「太棒了，我來我來！」金大叫：「換換口味。」

「不行，我不想贏她。」鄧山忙說：「反正我本來就不該贏她，這種該輸的仗我來好了，免得又生變數。」

「我……我也可以……」金大還不大甘願。

「想撒謊又說不出來，對吧！反正你不會撒謊。」鄧山說：「你一上場就不願意輸，以為我不知道嗎？」

「好吧。」金大委屈地說：「你去輸吧，氣死我了。」

鄧山這才對余若青說：「眞謝謝妳，但是妳得手下留情。」

「我們比賽招式，不較內氣，論招式，我遠不如你。」余若青笑說：「我才該請你手下留情。」

「不……」鄧山忙說：「其實我的實力很不穩定，招式有時候順有時候不順，所以很難說。」

「哪有這種事情……」余若青聽了好笑，搖頭說：「你最愛開玩笑了。」

「是眞的。」鄧山呵呵笑說：「還請多多指教。」

「好吧，也請你多多指教。」余若青說：「你的棍呢？」經過這幾日，余若青早已知道鄧山練棍，只不過還沒看他使用過。

鄧山走到剛剛放下花靈棍的窗邊，取回棍子走回中間，擺開架勢問：「這就開始嗎？」

「我內氣造詣畢竟比你高些，加上在這世界，可以把內氣迫出體外防禦，有危險時可以自保。」余若青舉起彎刀，斂起笑容說：「所以你放手施爲，不要客氣，出手吧。」

鄧山點點頭，施用著花靈棍法，半試探地向著余若青下盤掃去。

余若青身子一彈，屈膝往前飛騰，持刀右手在後，持鞘左手護身，就這麼向鄧山撞來。

還好金大各種奇怪的招式都使用過，鄧山並不慌亂，他微微側讓，棍回拖旋轉，灑出一片棍牆，讓余若青沒法接近。

余若青身子點地折射，換了一個方位，重新奔來，見鄧山棍牆未停，她微微皺眉，彎刀劃出一道銀光，順著棍勢破入鄧山防禦。鄧山連忙變招，身隨棍轉，閃開了余若青的攻擊，同時棍身點地彈起，換角度攻擊。

但余若青已閃開那個方位，她突然展開了攻勢，彎刀舞動間彷彿下雨一般，一團銀色光影向著鄧山捲去。

鄧山棍出人退，一瞬間拉開和余若青的位置，跟著避開彎刀鋒芒，長棍旋身彈出，直捌余若青。

余若青剛一避讓，見鄧山卻是抽棍換招，並未隨勢追擊，她皺了皺眉，突然彈身退開說：「你是怎麼回事？」

鄧山一愣說：「什麼？」

「不是要你放手施為嗎？」余若青說：「怎麼盡是守招？那天看你出手，根本就是一招更緊一招的搶攻，不是這種打法。」

「那是我！那是我！不是這小子。」金大哇哇叫說。

鄧山也不知該怎麼解釋，只好說：「我剛跟妳說過了，我有時候順，有時候不順……」

「你故意讓我嗎？」余若青俏臉微沉：「就算你全力施爲，我也未必輸給你，何必讓我？」

糟糕，又惹人生氣了，鄧山心中遲疑，難道眞要讓金大出手？

「當然！沒錯！」金大喊：「讓我滿足她的渴望！」

「你看太多電視了！淨學一些怪話。」鄧山說：「就讓你出手吧，眞的別傷了她。」

「太好了！我答應你！」金大大聲歡呼。

「若青。」鄧山當即說：「其實我是有兩種不同的練法，剛剛用的是比較保守的方式，另一種就是比較沒這麼保守的方式。」

「喔？」余若青說：「另一種感覺完全不同，你剛那樣好像很膽怯，一直被動地化招。」

「唔……」鄧山尷尬間，金大突然說：「對耶。」

「什麼對？」鄧山心說。

「你根本不是我對手，所以我和你練了半天，你每招都在防守，只求輸慢點，不是求取勝。」金大說：「我倒沒注意到，多虧這女人提醒。」

鄧山正想回答，余若青已經說：「反正你換上次那種方式吧，那種還像樣一點。」

「好吧……」鄧山放鬆交給金大，又交代了一次說：「不能傷人啊！」

「沒問題。」金大話聲一落，帶著鄧山往前直撲，兜頭一棍就劈了下去。

余若青吃了一驚，以刀鞘護身閃身避讓，彎刀則一直垂在身側，似乎要找機會出手。

不過，金大可不等她出手，棍加速落地，身子跟著旋到另外一側，同時在棍點地彈起的瞬間，帶著棍勢再度對余若青胸口直捯過去。

余若青微微一驚，一面格擋，一面避開；金大則帶出棍花，迫退余若青的同時突然往回一拉，棍如靈蛇般繞身一旋，從一個古怪的角度直戳向余若青。

余若青沒想到會有這樣的變化，彈身急退，連閃出四公尺遠。

金大毫不客氣，大步一跨，縱身跳起，長棍在空中劃出大弧度，帶出一股強大的力量，向著余若青劈去。

這種威勢迫得余若青不敢硬接，連忙落地騰身，換個方位閃避。

「天啊，你都不知道什麼叫作客氣啊？」鄧山在心中哇哇叫：「沒必要一開始就這麼兇吧。」

「不會啦！」金大可是分心有術，手腳不停，一面對鄧山說：「她接得下來。」

此時，余若青被金大逼得繞房走了一圈，背在右手後的彎刀，竟是一招也無法出手。

「跟這小妞說，一直退贏不了啦！」金大意氣風發地嚷嚷。

「我才不說。」鄧山毫不配合。

「好吧！」金大突然一轉方向，不再啣尾直追，長棍閃動間，大片棍影不斷灑出，但又似乎並不是對著余若青攻擊。

余若青一怔，卻發現除非向著牆壁退去，只剩下一個去路，正是鄧山的方向，她也是當機立斷，點地間直向鄧山逼來。

「有膽識！跟妳玩玩快打！」金大棍花一收，手持棍央，左右變動，長棍繞身急轉間，居然用長棍兩端和余若青快若電閃的彎刀以快打快，只聽叮叮噹噹一陣亂響，十餘招過去，余若青竟是佔不到半點便宜。

此時她銳勢已消，點地彈身往後急閃，倏忽間脫出了金大追掃的棍海，站到五公尺外。但棍海明明還在眼前，居然其中硬生生閃出一條棍影向自己騰來，她連忙舉刀格擋，一面說：「慢！」

金大聞聲棍端一挑，長棍一個迴旋繞轉，收到身後站定，一面說：「糟糕，她不打了？」

# 異世遊

## 撩撥過程應該省略

「你……」余若青眼中看的自然不是金大，而是鄧山，她望著終於停手的鄧山，睜大眼睛吃驚地說：「你這人怎麼……真打起來這麼兇呀？」

「這女人！」金大哇哇叫說：「剛剛嫌客氣，這會兒又嫌兇，真難侍候。」

「你別吵。」鄧山沒法一心多用，金大一叫，他腦袋就亂掉，只好叫金大住嘴，一面說：「還好嗎？所以我不愛用這種打法。」

「你好奇怪……」余若青有點驚魂未定地說：「我不是怪你，是……一下子適應不來。」

「我還是用比較笨的方法和妳過招吧？」鄧山說。

「不用。」余若青忙搖頭說：「我只要再多用兩成內氣，你就沒法追擊得這麼順暢了……不過，我剛至少用四千以上的內氣值和你過招了……感覺上還沒有你的威勢，你金靈強化的幅度比我多這麼多嗎？那儀器有開嗎？」

金大哈哈笑說：「開玩笑，我親自控制所增加的威力豈只兩倍，四千不夠看啦。」

「有開。不過，我也不是很會控制金靈。」鄧山不管在腦海中發出噪音的金大，對余若青說：「效果也是忽大忽小的。」

「你老是說奇怪的話。」余若青沉吟說：「但如果我用到五成力……這樣有點像高階的比賽了……可是你金靈的增幅，確實像是高階的強度……」

「妳剛只用三成力呀？」鄧山有點意外地說：「妳才真的很強。」

「沒什麼用，我會的招式太普通……」余若青搖頭說：「在我們那個世界，練內氣的人互相戰鬥的話，主要還是看招式變化，內氣強度雖有影響，但是影響不大……」

「嗯，她說的沒錯。」金大跟著在鄧山心中說：「她年紀這麼輕，內氣就能練到這種程度並不簡單，就是學到的武學招式確實普通了些，如果有名師教導，可能會另有成就。」

鄧山聽到金大這麼說，試探地問余若青說：「妳有想過另外拜師嗎？」

「現在還想拜師很難……別說那些了。」余若青走過來，舉起鄧山手中的花靈棍說：「你這像是木棍……剛那樣敲打怎會都沒傷痕？」

「嗯……我也搞不清楚。」這也是難解釋的事情，鄧山心中暗想，看樣子最好還是少用這支棍子，去打造一根類似的鐵棍好了。

「打造鐵棍的技術再好，彈性不可能比木棍自然。」金大說：「但是，一般木棍又輕又軟還怕被砍壞，還是這支花靈棒最好，難怪花靈那兒的人會送他一支……我倒是在考慮，你要不要下次弄成兩公尺半或三公尺？」

「怎麼？」鄧山問。

「長的話威力更大，但是更怕人接近。」金大說：「當初用兩公尺練習，是爲了考慮你要用，可能會被人欺近，兩公尺容易護身；如果我來使用，對方很難逼入棍圈，還不如用長的威力更大。」

「你剛剛不就和若青近身打半天？」鄧山說。

「那是因爲她一心想這樣打啊。」金大說：「就給她個機會試試，而她發現沒用，就知道打不贏了。」

「鄧山？」余若青皺眉說：「你又發呆了？」

「啊？」鄧山回過神忙說：「怎麼了？」

「我用五成和你試試好了。」余若青說：「要是感覺壓力太大，要跟我說。」

「好。」鄧山點頭，繼續讓金大和余若青過招。

自己和金大打法果眞是完全不同。留意到此事的鄧山，開始注意著金大使用的招數，很多打法都是自己不敢貿然使用的，若是面對金大時，使用這種大招數，金大可能只要一回擊，自己就毫無抵抗能力……那爲什麼金大卻敢用呢？

鄧山想不透，轉而觀察余若青的招數，卻發現，余若青回招的威力遠不如金大，也就是說，就算和金大用一樣的方式出招，也不用擔心余若青能像金大一樣，瞬間找到自己的破綻突破？這也不對，因爲對方不夠強，自己的招式才有用，萬一對方夠強呢？

「嗯……我一下子也不知道怎麼解釋，你再慢慢想一下。」金大能感受到鄧山的迷惑，他一面和余若青過招，一面抽空回了這一句。

余若青內氣鼓盪之下，金大果然不像剛剛那樣順手，刀棍相擊之間，金大變招不再像之前一樣靈便；相對地，他也不會輕易放開空間，讓余若青欺入領域。所以，余若青彎刀刀雖看來凌厲，但刀芒總是離鄧山有一大段距離，衝不入棍圈中。

鄧山看著看著，雖然對金大的招式有更多的體悟，但剛剛的問題卻一直沒能找到答案。突然間，鄧山看著金大一招攻出，余若青回了一招攻守兼備的巧招，恰好針對著金大的招式破綻，但金大就在余若青變招的瞬間，相應變化，跟著改變招數，依然是打得難分難解。

這樣的來回攻防，其實不是第一次出現，不過之前鄧山看在眼裡，並沒有這麼清楚，但剛剛那一招，算是鄧山十分熟練的三成中的一招，所以才能看出余若青那招巧妙之處……也就是說，也就是說……

「對啦、對啦，就是這樣。」鄧山還沒想通，金大已經先一步叫：「因爲我知道哪邊危險啦。」

鄧山心念一動，概念慢慢地清晰，原來金大雖然施用險招，但是金大本身卻很清楚，這些風險比較大的招式會有什麼樣的破綻，當對方使用的招式恰好針對自己的弱點時，金大馬上在第一時間變招，如此一來，弱點就不成爲弱點，而若對方沒看破自己的短處，自然就可以放手發揮長處。

「沒錯！沒錯！」金大說：「她如果這樣！我就這樣！她不這樣，我就繼續那樣……」

「好啦，你專心打。」鄧山嫌吵，自己思索著。不過，金大除了對本身招式體悟十分清楚，因爲數百年的武學見識，對於別人的招式也能掌握得十分清楚……才能辦到這種程度。

「所以你要學會這兩千零四十八變啊！」金大又嚷：「就跟你說天下招式大都出自於此，都學清楚以後，看來看去就差不多了，剩下的只是經驗了。」

「原來是這樣。」鄧山在心中點頭說：「這樣我該比較敢搶攻了。」

「嗯。」金大說：「早該提醒你這點的，不知道怎麼會沒想到。」

「還不是因爲你一動手就像瘋子一樣。」鄧山說：「哪還有時間注意我不對的地方。」

「唔……」金大只好說：「我現在就有跟你好好討論。」

「因爲和你動手的不是我啊。」鄧山苦笑：「我和你動手的時候，哪有時間跟你說話。」

「也對……」金大不管了，哈哈笑說：「反正我最厲害啦。」

余若青和鄧山交手了一段時間，因爲她這時內氣使用量再度提升，金大就算招式靈便，她只要危急之時以氣勁振出，金大也沒法打破她的氣勁。不過，金大雖然不愛輸，卻也不會多執著於輸贏，能打個不停也很開心，所以金大依然歡歡喜喜地換招，繼續追打過去。

終於有一次，余若青藉著內氣衝突，迫開鄧山的時候，往後飛射說：「等等。」

且不管金大如何惋惜，鄧山拿回身體主控權，點頭說：「休息一下？」

「也好。」余若青臉上神色十分奇怪，似乎是佩服，又像是訝異，她席地而坐說：「剛剛那半個小時，我大概就失了七、八分以上了。」

老實說，這個鄧山倒不太確定，畢竟鄧山還花了不少時間思索招式的問題，加上有些細微的招數得失，他也未必能判斷得很清楚，只好打哈哈說：「沒有啦。」

「我不懂你。」余若青望著鄧山說：「這些都是金靈知識讓你學會的？」

「對呀。」鄧山硬著頭皮說。

「你這棍法……我從來沒看人用過，也沒聽過。」余若青歪著頭說：「這棍法變化繁複，半個小時過去幾乎沒有重複招式，這樣的功夫應該鼎鼎有名啊，怎麼會沒聽過？」

「也許……」鄧山只好說：「也許這金靈上一次共生是很久很久以前吧，所以會的也很古老？」

「就算如此，你也才合體不到一個月……」余若青佩服地說：「這麼多招式，你居然都弄清楚了？你真是太……讓人難以相信，要是你從小就開始學武，現在不知道有多少成就……」

哎呀……又被錯誤地稱讚了，鄧山暗暗嘆了一口氣，辯駁也不是，不辯駁也不是。

「很多人都說我在武學上進步很快。」余若青說：「執行長也曾說，可惜小時沒找名師收我……但是我今天才知道，眞正的天才是怎樣……」

眞糟糕，自己這假天才害得眞正天才沒自信了。鄧山心中大感不安，忙說：「妳眞的很厲害了……妳內氣不是快練到另一個境界了嗎？聽說很少人二十多歲就能練到呢。」

「很多人是這樣說……」余若青說：「可是你呢？就算不靠金靈，我感覺得到，你內氣量雖然還不夠，卻滿溢全身，而且只在這幾日內，你又大幅進步過吧？我當年修練十年，也還不到這個程度……你又練了多久呢？一個月不到吧……看到你，讓我覺得……是不是這世界的人練起內氣比較快呢？還是只有你是特例？」

回答自己不是特例？還是回答自己眞的是特例？鄧山想不出哪種回法正確，只好嘆氣說：「我很多特殊之處都是因爲金靈，並不是因爲我自己，如果今天是妳和這個金靈合體，也許特殊的就是妳了。」

余若青聽了之後，怔怔地望著鄧山。鄧山不知道自己說錯了什麼，渾身感覺不對勁，只好呆笑兩下問：「怎麼了？」

「你……你是傻呢，還是眞當我是……自己人……？」余若青說到最後，聲音低了下來，她目光望著地面，竟似乎不敢看向鄧山。

這種二選一的選擇題，好困難呀！鄧山只想慘叫，而且她害臊什麼？這幾天大家不是保持距離保持得很開心嗎？幹嘛突然那個樣子？

不過痛苦歸痛苦，還是要回答，鄧山只好說：「妳是我朋友啊。」

余若青抬起頭，深深地望入鄧山眼中，隔了片刻低下頭，彷彿自語一般地說：「其實組織裡已經有人這樣猜測，認爲這金靈很特殊……因爲你進境實在太快，超過正常人可以想像的範圍……」

這也不奇怪，招式和內氣都不是可以一蹴而就的，而自己靠著金大的知識和能耐，表現出超出正常範圍的能力，也難怪別人會這樣說。

鄧山正想說話，余若青已經先一步說：「就算眞是這樣，你也不能承認……你難道不知道，有這種功效的金靈簡直是希世奇珍，眞不知道可以賣出多少價錢……你可知道，數日前組織已授權給我，讓我決定是否該取回金靈。」

鄧山倒是眞的完全沒想到過這種事情，此時聽余若青這般說出，不由得大吃一驚。他胡言亂語地說：「妳……妳什麼取回金靈？」

「就是准我殺了你啦，傻瓜。」余若青搖搖頭苦笑，站起說：「總之，你別再說都是金靈幫助你的，雖然別人一樣會懷疑，總比你自己找死好。」

「喔……我知道了。」鄧山呆了呆才說：「若青……那妳準備對組織怎麼說？」

「我會說你是天才，不是金靈的關係。」余若青沉著臉回答。

「爲什麼？」鄧山訝然問。

「你不是說，我們是朋友嗎？」余若青面無表情地說。

「喔，對。」鄧山不知爲何鬆了一口氣，傻笑說：「還好這次是妳跟我回來。」

余若青瞪了鄧山一眼，不知道爲什麼突然生氣，一跺腳說：「我才後悔跟你一起回來呢！」

鄧山愕然說：「什……什麼？」

「傻瓜！」余若青轉過身，往外奔了出去。

鄧山望著她嬌小的背影，心中莫名有股悵然的感覺，難道她……

「哇啊……苦悶的人心啊，別再難過了……」金大承受不了，哇哇叫說：「你就去追上她吧？然後把她推倒，大家就都很高興……」因爲鄧山的強烈抗議，金大最近開始用「推倒」取代「交配」，來和鄧山溝通。

「你胡說八道什麼！」鄧山聽不下去，連忙打斷說：「一定是誤會了。」

「不要假了，你心裡明明在偷偷懷疑！」金大一點都不留情面。

「我……」鄧山臉紅地說：「你不要偷看我想什麼。」

「懷疑什麼嘛！」金大說：「去問清楚就不用猜了。」

「萬一……萬一……就算……」鄧山怔忡半晌之後，搖頭說：「我也不行這麼做，所以還是別問了。」

「哦？」金大想了想說：「也好。」

金大難得這麼爽快，鄧山反而有點訝異，忍不住問：「你怎麼突然這麼好說話？」

「當初第三個共生者，很多……推倒的對象。」金大說：「然後每天就爲這種事情到處在吵架，整天不愉快，我也不舒服，到處推倒好像不是好事，還是不要好了。」

「你說的沒錯。」鄧山說：「到處拈花惹草，害苦了別人，自己又多添煩惱……我有語蓉就夠了。」

「那你不要爲此煩惱呀！」金大說：「不要害我不舒服。」

「好啦好啦。」鄧山說：「我已經很謹慎了。」

金大想想，突然又說：「如果不會被發現的話，偷吃應該也沒關係吧？」

「你這傢伙……正經不到十秒鐘。」鄧山嘆氣：「不行啦。」

「可是你那個女人還沒推倒，所以不算偷吃吧？」金大認眞地說：「你目標改成推倒這個女人怎麼樣？憋太久其實對身體不好。」

「哪有這樣的。」鄧山漲紅臉說：「就跟你說不行！」

「好吧，我明白了。」金大一副改邪歸正的口氣：「萬一以後有天你偷吃，我就盡全力阻止你！」

「這……」鄧山呆在那兒。

「怎樣？」金大說：「還是不要？你不要想騙我喔，我知道你在想什麼喔！」

「我……」鄧山惱羞成怒地說：「你管我這麼多幹什麼？」

「看吧看吧。」金大哈哈大笑。

「我不是這個意思。」鄧山說：「只是不想亂答應事情。」

「是嗎？是嗎？」金大說：「我覺得你是對自己沒把握耶。」

「那隨便你！」鄧山說：「到時候你惹得我火大，看誰比較受不了！」

「啊？」金大被擊中要害，悶聲說：「好老奸，來這招，你要練習心平氣和地接受啊。」

「去你的心平氣和……練功練功。」鄧山拿起花靈棍，憤憤地揮舞著，不去想這些煩惱的事情。

到了十點左右，余若青再度前來敲門，鄧山已經收拾妥當，打開房門，兩人見面，不禁都有些尷尬。

鄧山還沒開口，余若青已經搶先一步說：「我早上臨時想到有事情，所以先走了，對不起。」

「喔，沒關係。」她這樣說也好，鄧山擠出笑容說：「謝謝妳早上來陪我練習，幫助很大。」若非余若青，鄧山還沒發現自己出手方式有問題。

「會嗎？」余若青搖頭苦笑說：「你出手又順暢、又老練，一點破綻都找不到，除了內氣稍有不足之外，我感覺好像陪師父過招一樣，根本幫不上你。」

「不，眞的。」鄧山誠懇地說：「幫助眞的太大了，是妳想像不到的。」

余若青噗嗤一笑，低頭說：「你別逗我笑了。」

「說眞的啦。」鄧山也輕鬆了許多，呵呵笑著說。

「還說。」余若青白了鄧山一眼說：「都收拾好了嗎？康倫知道我們今天要回去，他們剛好這批新人結業了幾天，就配合我們一起使用傳送區，去捕捉金靈。」

「喔？」鄧山回頭一想，當初是九月十號星期一開始訓練，到上次十一月三號回來台灣恰好八週，轉眼又過了一個星期了……這麼說來，等等會和他們碰面囉？還有也該會碰到郭安卉吧？可是要怎麼和他們解釋自己的狀況？上次郭安卉發現自己不見了，康倫又是怎麼解釋的？

「怎麼了？」余若青看鄧山發起呆來，疑惑地問。

「我想到我當初也是這批新人。」鄧山說：「如今變化這麼多，有點感慨。」

「嗯……」余若青微笑說：「有些機緣是天定的，但也不是每個人都能掌握，這兒三十年來每年都招募新人，直到你才出現這種事情。」

鄧山也覺得好笑，他心念一轉說：「我上次去抓金靈……好像是八點集合的？」

「對呀，他們也是。」余若青掩嘴輕笑說：「康倫可辛苦了，應該快開到了吧？」

鄧山想起上一次的旅程，也不禁莞爾，搖頭說：「那我們呢？」

「我們當然是飛過去呀。」余若青說：「都好了？走吧？」

鄧山點點頭，拿著花靈棍，揹著行李，隨著余若青走出公司門口。

兩人使用那會飛的車子，迅速抵達深山中的別墅，到達的時候，康倫等人還沒到。余若青將車子停到車庫，兩人站在屋前，隨便閒聊起來。

「對了，鄧山。」余若青說：「後來這段時間，天選的人都沒騷擾你吧？」

「沒有。」鄧山搖頭說：「後來我搬去公司，他們也未必知道。」

「以他們的習慣，應該會來查探我們公司。」余若青說：「不過，我們公司有安裝反電子偵測的儀器，這世界的科技還探查不了我們……我這段時間稍微打探了一下，很少人知道他們研究中心，看來平常作風很低調。」

「喔？」鄧山說：「他們如果眞聚集了特殊人才，不低調的話，早就傳得世界聞名了。」

「嗯。」余若青說：「我只知道，他們在世界上大約有八、九個分所，和各國政要關係都很不錯，尤其幾個強國……我們據點設在台灣，他們反而比較不容易著力，這倒是意外的收穫。」

鄧山苦笑搖頭說：「台灣……政治地位上有點尷尬，整天也是吵個不停，不過還算個不錯的地方啦。」

「但似乎不是很好賺錢。」余若青腦海中可沒有什麼「根留台灣」的意識，她說：「利潤比較高的幾種操作方式，要在歐美比較好搞，我們只要多帶幾組工具來，很多消息可以輕易弄清楚，就很好辦事了；然後把幾個重要議員、官員、富豪的把柄都抓住，不用多久工夫，就可以在那邊開始拓展業務。」

比如追蹤器嗎？要是放幾個到那些所謂的富豪、大官身上竊聽，得到一些內幕消息，確實對某些資金運作很有幫助，想抓人把柄也會很容易。不過……鄧山皺眉說：「這樣違法耶？」

余若青噗嗤一笑說：「哪管這麼多？不要被抓到就好，我們組織本來就常做違法的事情……」

「呃……」鄧山倒眞的忘了此事，只好尷尬地說：「這樣不怕太過影響這個世界嗎？」

「其實說不要影響這世界，是三邊科研委員會決定的。」余若青說：「但是從歷史看，這世界和另外一個世界根本完全不同，所以不用擔心影響到那邊；至於對這兒的影響……該沒什麼關係吧，我們主要的目的是站穩腳步，拓展規模，對於政治權力沒有興趣。」

「喔？」鄧山點頭說：「總之，不管有沒有違法，不要害人比較好。」

「是——」余若青拖長聲音，忍笑說：「你眞是個大好人，以後我做壞事，不會讓你知道的。」

「這……」好像不是這樣說吧？鄧山苦笑著，不知該怎麼回答。

「他們快到了。」余若青遠遠往外望去說：「聽到了嗎？」

鄧山也聽到了遠遠傳來機械摩擦聲，看來他們已經到了那扇鐵門外，之後就是平滑的柏油路面，很快就可以抵達這兒了。

就在此時，鄧山突然一呆，卻是身上有種怪異的感覺……

「啊！又來了。」金大叫了起來：「我的絕世武功又被廢了！還好這幾個小時應該沒架可打，這時間休息眞是太完美了。」

鄧山決定不理金大，轉過頭對余若青說：「妳打算穿這兒的衣服回去？」

余若青現在穿的又是另外一套，上身是剪裁簡單的黑色外套，在腰間繫了一條帶子，不鬆不緊地綁出腰身，裡面是一件藍色絲綢襯衫，下半身則是帶點淡藍偏白的直條紋長褲。看起來簡約而有精神，頗爲俐落的打扮。

「過去還是會換掉。」余若青說：「其實，那兒也有許多不同樣式的衣服，只是我以前從來沒去留意而已，我大部分時間幾乎都在荒野中，所以穿的都是工作服居多……只要問問我媽，就會知道很多了。」

「嗯。」鄧山突然想起王邦的見聞，點頭說：「其實有些衣服，兩邊差不多，我在王邦有看到一些很像的。」

「對呀。」余若青噗嗤一笑說：「不過，穿很少那種才很像，多一點的就不一樣了……」

這個話題聊下去好像不大妥當，鄧山呵呵一笑，沒多說下去。還好這時三輛吉普車已經出現在庭院口，正向這兒駛來。吉普車停到車庫，車上的人紛紛下車，這次人數可比上次多了，除了三名那個世界的駕駛，還有十二名員工，比上次還多出三人。鄧山望過去，果然看到郭安卉，她正以訝異的目光望著自己，似乎有點遲疑著不知該不該走過來。

當眞和她聊起來的話，有太多事情解釋不清吧？鄧山在心中嘆口氣，只對她點了點頭，沒主動走過去攀談。

郭安卉看看鄧山身旁的余若青，也不敢貿然上前，回個笑容後，還是和其他人站在一起。

鄧山望向其他人，面熟的人果然不少，不過大家頂多以目光友善地打招呼，似乎都不大想說話。

這樣的選人方式果然有點道理，秘密不易洩漏。鄧山正想間，康倫已經招呼著眾人往別墅走，一路走到那間僕人房。鄧山望向那被余若青打壞的牆壁，卻發現上面釘著一條條木板，感覺十分古怪。

不只鄧山覺得古怪，來過這兒的每個員工都頗有點意外，不由得都望著那兒。

康倫也不知道怎麼解釋，只好裝傻，乾笑兩聲之後，啓動了機器，讓地板沉下，啓動傳送機器。

傳送完畢之後，康倫打開金屬門，卻吃了一驚說：「咦？」

鄧山望過去，卻見那停放飛艇的地方，飛艇不見了，裡面卻站著七個穿著南谷一般服裝的中年人，每個人都正望著這打開的金屬門。

「是……吳部長？怎麼回事？」康倫訝異地問。

余若青也看到那兒的情況，她臉上也露出意外的神色，推開幾個擋路的人，走到門口說：「吳叔叔？你怎麼來了？」

「若青小姐，你們小隊另有人來接妳，我們是來接鄧山的。」一個黑面濃鬚的壯漢微微點頭說：「鄧山呢？」

余若青回頭望去，鄧山此時也正聞聲走出，有點迷惑地看著這幾個不認識的人。「我是鄧山。」鄧山說。

「很好。」壯漢說：「我是吳沛重，現在開始負責你的安全，跟我們來吧。」

鄧山訝異地望了余若青一眼，不知道自己該不該和這些人走？

「吳叔叔……」余若青走近一步說：「執行長怎會派你們來？發生什麼事了？」

「若青小姐直接問執行長比較好。」吳沛重黑臉上擠出微笑，對余若青笑了笑，又對著鄧山招手說：「快來吧，執行長要見你。」

「執行長要見他？」余若青又問了一句，似乎更意外了。

「對。」吳沛重說：「若青小姐不知道？」

余若青一呆，似乎有點吃驚，而鄧山見余若青雖然露出意外表情，但這些人該是組織中的人沒錯，只好跟著他們走。

「啊。」呆在一旁的康倫忙叫：「吳部長，我們的飛艇呢？」

「喔。」吳沛重轉頭說：「這兒太擠了，我剛叫張老頭開上去。」

「呃……」康倫呆了呆，又不敢多吭聲。

「等等。」余若青突然叫了一聲說：「我也去。」

吳沛重有點意外，望了望余若青，又看了鄧山一眼，他聳聳肩回頭說：「那一起走吧，若青小姐請。」

一行人順著其中一條通道走，走到通道底，打開一扇門戶，一個斜斜往上的通道出現在眼前。鄧山這才發現，自己還沒從這兒走出這地下室過。

眾人走到那片花圃，果然看到花圃旁停著一大兩小三艘飛艇，小的一個應該是接余若青的，另一個想來就是張允駛出來的飛艇，大的該是這群人使用的了？這大的飛艇並非圓形，而是有點類似火車的長筒型。余若青奔去對小飛艇的人交代幾句之後，又奔回鄧山旁邊。此時吳沛重等人已經開啟了長型飛艇的門戶，正要領著眾人走入。

鄧山和余若青前後而入，往內一望，見裡面座椅左右各二、一排四個往後排開，看起來可以坐入約四、五十人，左右兩側還有窗口可以往外觀看。

一進入這飛艇，余若青不知為什麼，突然一扯鄧山右手，拉著鄧山往後直走，一直到最後面才停下。鄧山被她柔軟的小手抓著，心裡倒是有點慌，只好一聲不吭地拖著那支大棍子跟在余若青身後。余若青停下腳步，才注意到自己抓著鄧山的手，她有點尷尬地放開，往內坐說：

「坐這邊，我有話跟你說。」

「好。」鄧山把棍子隨便架著，一面坐下。心中卻想，以後還是要把棍子縮小，否則帶著跑實在太麻煩了。

「隨便坐吧。」吳沛重神色有點疑惑地看了余若青與鄧山一眼，皺眉揮手說：「回南谷去。」

前方駕駛當即迅速控制著這長型飛艇，飄離地面，向著西方不斷加速飛去。

「你注意聽我說。」余若青低聲說：「等等你要去見執行長。」

「嗯……」鄧山說：「是妳父親？」

余若青一呆，似乎沒想到鄧山會這麼問，她停了片刻才說：「你怎麼知道的？」

「康副執行長，上次對那楊門主介紹芝姊，說是執行長夫人。」鄧山說：「我想，芝姊既然是妳媽……」

「那是給她臉上貼金……」余若青臉色不大好看，頓了頓才說：「我媽只是執行長眾多情婦的其中之一。」

鄧山沒想到會是這樣，露出意外的表情。

「總之，我沒當他是父親。」余若青說：「他也沒當我是女兒。」

「是嗎？」這話鄧山可有點聽不下去，當即說：「這些人都叫妳若青小姐，應該是挺尊敬妳吧？」

「那是他們，不是他。」余若青啐了一聲說：「你這人，老愛問東問西。」

「好吧，那我不問了。」鄧山尷尬地說。

「我跟你說就是了……」余若青反而靠近了些，低聲說：「因爲我是執行長唯一的孩子，他們難免對我比較尊重，但是對那人本身，我卻是個意外，他根本沒把我放在心裡。」

唯一的？意外？這段話裡面，鄧山還是一堆疑問，不過卻不好意思多問了，只順著話尾說：「沒把妳放在心裡？」

「我五歲的時候，母親帶著我來這世界投靠他，他卻從沒見過我一次。」余若青說：「直到我二十歲出頭，打入較技比賽五階，他聽說此事，才首次要媽帶我去和他見面……然後安排給我一份工作……對他來說，我只是一個還可以用的手下……我和他談話，從不當他是父親，他也挺欣賞我這種態度。」

「呃……」鄧山有點難以置信，天下眞有這種父親？

「我那沒用的媽媽，這麼多年了，還一心想著那個男人。」余若青喃喃說：「那男人心中根本沒有她，過幾個月突然想起，覺得新鮮了，就找她過去幾晚……我看不起我媽這種女人，我也討厭那種男人。」

果然是家家有本難唸的經，難怪余若青對媽媽這麼不客氣，鄧山心中惋惜著，也不知該如何勸慰。

「我發過誓，我以後絕不和這種三心兩意、到處留情的男人在一起！」余若青抬起頭，突然瞪了鄧山一眼。

幹嘛瞪我？鄧山莫名其妙，呆了片刻才說：「這樣很……很好啊。」

余若青看鄧山的模樣，目光中閃過一抹歉意，擠出微笑說：「不好意思，我想到自己家事，激動了些……」

「沒關係。」鄧山忙說。

「我是要跟你說……」余若青定了定神說：「執行長喜怒無常，你應對上要很小心……不能像上次對我那樣……那樣臭脾氣，他不會在乎損失你這個人的，何況金靈還可以回收。」

「哦？」鄧山現在比較害怕的反而不是這個，他倒是挺怕執行長突然要他表演功夫，現在金大可是靠不住的狀態……

「不要偷罵我！」金大馬上抗議：「我又不是自己願意的。」

「好啦。」鄧山回了金大一句，繼續對余若青說：「對於他想見我，妳好像很意外？」

「他不會見對他還沒用的人。」余若青說：「連他唯一的孩子，都得升到五階他才召見，你憑什麼還沒考過資格考就去見他？」

這話挺有說服力的，鄧山點頭說：「眞的很怪。」

「這幾天一定出了什麼特別的事情。」余若青望望飛艇中其他的人，繼續低聲說：「吳叔叔是執行長手下十分精銳的神使戰鬥部，專門負責戰鬥……除非遇到強悍的敵手，不然一般不會派出來……怎麼可能派來保護你？而且還是吳叔叔親自領隊。」

這消息可就更誇張了，鄧山望望前面那些中年人，這些是最精銳戰鬥部？倒是看不出來有什麼凶神惡煞的模樣，有的長相還挺和藹可親的呢。

「執行長未必會告訴你出了什麼事情。」余若青繼續交代說：「但是既然事情與你有關，他當然會盤問你，你最好別想隨便欺騙他，他並不好騙……就算你騙過了，以後被他發現也會很慘，我……我就是要告訴你這些。」

原來是這樣，不過自己來到這世界以後，可曾有一天不用說謊？鄧山一面暗自苦笑，一面點頭說：「謝謝妳告訴我這些。」

余若青話說完，突然發現自己因爲低聲說話，和鄧山相距不到幾公分。她臉微微一紅，坐回座位說：「就這樣。」

鄧山發現一抹淡淡幽香突然消失，意外地嗅了嗅，卻見余若青正瞪著自己，連忙轉回身坐正說：「沒……沒事。」

「你……聞什麼？」余若青忍不住好笑說：「我這假髮沒味道的。」

「我不知道。」鄧山沒想到被看了出來，尷尬地說：「不知道什麼香香的，可能妳有塗什麼粉底之類的吧。」

「今天沒有。」余若青摸摸自己臉說：「哪兒啊？」

「妳自己要我聞的喔。」鄧山湊過去上下聞了聞，見余若青抿著下唇，臉蛋卻越來越紅，連忙退開些，一面說：「聞不到了。」

「就會胡說八道。」余若青低聲啐說。

「啊。」這一說話，隨氣而吐，鄧山可發現了，嗅著余若青的小嘴說：「是這兒，這兒有香味！」

見鄧山湊在自己面前，對著自己口唇輕嗅，余若青突然羞不可抑，一把將鄧山推開說：

「你……你走開點啦。」

鄧山看余若青那副模樣，臉也有些紅了，退開一旁，乖乖靠著椅背不敢吭聲，心裡暗暗後悔，自己是怎麼了，怎麼總是在無意間撩撥著余若青……自己以前不是這種人啊……

「因爲你感覺到她喜歡你，所以才會這樣。」金大又冒出來了。

「別胡說。」鄧山紅著臉說。

「聽不得老實話……」金大說：「男女本來就是這樣，撩撥來撩撥去，然後就推倒了……以我個人的看法，撩撥過程應該省略比較有效率！」

鄧山正不知道該怎麼應付金大，沉默半晌的余若青突然低聲說：「我想起來了，那是護唇膏的味道。」

「喔喔。」鄧山連忙假裝輕鬆地說：「這樣就懂了。」

「嗯……」余若青不再說話，望著窗外，臉上的紅潮漸漸褪去，卻換上了一抹若有若無的茫然。

《異世遊2》完

下集預告

# 異世遊 3

執行長召見，
迫不得已的鄧山謊越說越大，
卻反而讓自己成爲各方勢力追逐的目標……

大日朱家祕殿——
時間流速不同的另一個空間
隱藏了什麼塵封已久的祕密？

莫名遭受攻擊，
狐氓團、紫天團，盜賊傭兵紛紛出手，
逃逃打打之際，還結識了來自神國的少年神使。
但這強大的神能……

## 蓋亞文化圖書目錄

| 書名 | 系列 | 作者 | ISBN | 頁數 | 定價 |
|---|---|---|---|---|---|
| 恐懼炸彈（新版） | 都市恐怖病 | 九把刀 | 9789867450340 | 320 | 260 |
| 大哥大 | 都市恐怖病 | 九把刀 | 9789866815690 | 256 | 250 |
| 冰箱 | 都市恐怖病 | 九把刀 | 9789867929761 | 240 | 180 |
| 異夢 | 都市恐怖病 | 九把刀 | 9789867929983 | 304 | 240 |
| 功夫 | 都市恐怖病 | 九把刀 | 9789867450036 | 392 | 280 |
| 狼嚎 | 都市恐怖病 | 九把刀 | 9789867450142 | 344 | 270 |
| 依然九把刀（紀念版） | 非小說・九把刀 | 九把刀 | 4710891430485 | | 345 |
| 綠色的馬 | 九把刀中短篇小說傑作選 | 九把刀 | 9789866815300 | 272 | 280 |
| 樓下的房客 | 住在黑暗 | 九把刀 | 9789867450159 | 304 | 240 |
| 獵命師傳奇 卷一～卷十二 | 悅讀館 | 九把刀 | | | 各180 |
| 獵命師傳奇 卷十三 | 悅讀館 | 九把刀 | 9789866815447 | 272 | 199 |
| 臥底 | 悅讀館 | 九把刀 | 9789867450432 | 424 | 280 |
| 哈棒傳奇 | 悅讀館 | 九把刀 | 9789867929884 | 296 | 250 |
| 魔力棒球（修訂版） | 悅讀館 | 九把刀 | 9789867450517 | 224 | 180 |
| 都市妖1　給妖怪們的安全手冊 | 悅讀館 | 可蕊 | 9789867450197 | 240 | 199 |
| 都市妖2　過去我是貓 | 悅讀館 | 可蕊 | 9789867450241 | 232 | 199 |
| 都市妖3　是誰在唱歌 | 悅讀館 | 可蕊 | 9789867450272 | 208 | 180 |
| 都市妖4　死者的舞蹈 | 悅讀館 | 可蕊 | 9789867450357 | 240 | 199 |
| 都市妖5　木魚和尚 | 悅讀館 | 可蕊 | 9789867450395 | 240 | 199 |
| 都市妖6　假如生活騙了你 | 悅讀館 | 可蕊 | 9789867450425 | 200 | 180 |
| 都市妖7　可曾記得愛 | 悅讀館 | 可蕊 | 9789867450562 | 240 | 199 |
| 都市妖8　胡不歸 | 悅讀館 | 可蕊 | 9789867450623 | 240 | 199 |
| 都市妖9　妖・獸都市 | 悅讀館 | 可蕊 | 9789867450753 | 240 | 199 |
| 都市妖10　妖怪幫幫忙 | 悅讀館 | 可蕊 | 9789867450784 | 240 | 199 |
| 都市妖11　形與影 | 悅讀館 | 可蕊 | 9789867450951 | 240 | 199 |
| 都市妖12　小小的全家福 | 悅讀館 | 可蕊 | 9789867450982 | 240 | 199 |
| 都市妖13　圈套 | 悅讀館 | 可蕊 | 9789866815539 | 240 | 199 |
| 都市妖14　白鶴與蒼狼 | 悅讀館 | 可蕊 | 9789866815287 | 224 | 199 |
| 青丘之國（都市妖外傳） | 悅讀館 | 可蕊 | 9789867450470 | 320 | 220 |
| 都市妖奇談 卷一～卷三（完） | 悅讀館 | 可蕊 | 9789866815058 | | 各250 |
| 捉鬼實習生 1 少女與鬼差 | 悅讀館 | 可蕊 | 9789866815119 | 208 | 180 |
| 捉鬼實習生 2 新學期與新麻煩 | 悅讀館 | 可蕊 | 9789866815126 | 240 | 199 |
| 捉鬼實習生 3 借命殺人事件 | 悅讀館 | 可蕊 | 9789866815263 | 352 | 250 |
| 捉鬼實習生 4 兩個捉鬼少女 | 悅讀館 | 可蕊 | 9789866815270 | 256 | 199 |
| 捉鬼實習生 5 山夜 | 悅讀館 | 可蕊 | 9789866815409 | 208 | 180 |
| 捉鬼實習生 6 亂局與惡鬥 | 悅讀館 | 可蕊 | 9789866815416 | 240 | 199 |
| 捉鬼實習生 7 紛亂之冬（完） | 悅讀館 | 可蕊 | 9789866815515 | 240 | 199 |
| 捉鬼番外篇 | 悅讀館 | 可蕊 | 9789866815652 | 320 | 250 |
| 百兵　卷一～卷三 | 悅讀館 | 星子 | 9789867450456 | 192 | 各180 |
| 百兵　卷四～卷八（完） | 悅讀館 | 星子 | 9789867450531 | 272 | 各199 |
| 七個邪惡預兆 | 悅讀館 | 星子 | 9789867450913 | 272 | 200 |
| 不幫忙就搗蛋 | 悅讀館 | 星子 | 9789867450258 | 308 | 220 |
| 陰間 | 悅讀館 | 星子 | 9789866815027 | 288 | 220 |
| 黑廟　陰間2 | 悅讀館 | 星子 | 9789866815577 | 256 | 220 |
| 無名指　日落後1 | 悅讀館 | 星子 | 9789866815362 | 336 | 250 |
| 囚魂傘　日落後2 | 悅讀館 | 星子 | 9789866815446 | 288 | 240 |
| 蟲人　日落後3 | 悅讀館 | 星子 | 即將出版 | | |
| 太古的盟約　卷一～卷四 | 悅讀館 | 冬天 | | | 各240 |
| 太古的盟約　卷五～卷八 | 悅讀館 | 冬天 | | | 各199 |
| 惡魔斬殺陣　吸血鬼獵人日誌 I | 悅讀館 | 喬靖夫 | 9789867450821 | 240 | 199 |
| 冥獸酷殺行　吸血鬼獵人日誌 II | 悅讀館 | 喬靖夫 | 9789867450838 | 240 | 199 |

＊實際定價以各書版權頁為準

| 殺人鬼繪卷　吸血鬼獵人日誌Ⅲ | 悅讀館 | 喬靖夫 | 9789867450920 | 240 | 199 |
|---|---|---|---|---|---|
| 華麗妖殺團　吸血鬼獵人日誌Ⅳ | 悅讀館 | 喬靖夫 | 9789867450937 | 368 | 250 |
| 地獄鎮魂歌　吸血鬼獵人日誌 特別篇 | 悅讀館 | 喬靖夫 | 9789867450999 | 192 | 129 |
| 殺禪　全八卷 | 悅讀館 | 喬靖夫 | | | 各180 |
| 誤宮大廈 | 悅讀館 | 喬靖夫 | 9789866815423 | 256 | 220 |
| 天使密碼 01 河岸魔夢 | 悅讀館 | 游素蘭 | 9789866815386 | 272 | 220 |
| 天使密碼 02 靈夜感應 | 悅讀館 | 游素蘭 | 9789866815614 | 256 | 220 |
| 異世遊1 | 悅讀館 | 莫仁 | 9789866815584 | 304 | 240 |
| 伏魔　道可道系列1 | 悅讀館 | 燕壘生 | 9789867450630 | 168 | 139 |
| 辟邪　道可道系列2 | 悅讀館 | 燕壘生 | 9789867450647 | 168 | 139 |
| 斬鬼　道可道系列3 | 悅讀館 | 燕壘生 | 9789867450722 | 224 | 180 |
| 搜神　道可道系列4 | 悅讀館 | 燕壘生 | 9789867450739 | 224 | 180 |
| 道門秘寶　道可道系列5 | 悅讀館 | 燕壘生 | 9789866815522 | 320 | 250 |
| 活埋庵夜譚（限） | 悅讀館 | 燕壘生 | 9789867450333 | 224 | 200 |
| 仇鬼豪戰錄 套書（上下不分售） | 悅讀館 | 九鬼 | 9789866815379 | | 499 |
| 彌賽亞：幻影蜃樓 上下兩部 | 悅讀館 | 何弼＆櫻木川 | 9789867450609 | 240 | 各180 |
| 銀河滅 | 悅讀館 | 洪淩 | 9789866815508 | 288 | 240 |
| 公元6000年異世界（新版） | 悅讀館 | Div | 9789866815621 | 312 | 240 |
| 天外三國　全三部 | 悅讀館 | Div | | | 各180 |
| 永夜之城　夜城1 | 夜城 | 賽門．葛林 | 9789867450760 | 288 | 250 |
| 天使戰爭　夜城2 | 夜城 | 賽門．葛林 | 9789867450845 | 304 | 250 |
| 夜鶯的嘆息　夜城3 | 夜城 | 賽門．葛林 | 9789867450968 | 304 | 250 |
| 魔女回歸　夜城4 | 夜城 | 賽門．葛林 | 9789866815041 | 336 | 280 |
| 錯過的旅途　夜城5 | 夜城 | 賽門．葛林 | 9789866815232 | 352 | 299 |
| 毒蛇的利齒　夜城6 | 夜城 | 賽門．葛林 | 9789866815393 | 360 | 299 |
| 影子瀑布 | Fever | 賽門．葛林 | 9789866815607 | 464 | 380 |
| 德莫尼克（卷一）不是所有的孩子都是天使 | 符文之子2 | 全民熙 | 9789867450388 | 336 | 280 |
| 德莫尼克（卷二）微笑的假面 | 符文之子2 | 全民熙 | 9789867450418 | 336 | 280 |
| 德莫尼克（卷三）失落的一角 | 符文之子2 | 全民熙 | 9789867450449 | 336 | 280 |
| 德莫尼克（卷四）劇院裡的人們 | 符文之子2 | 全民熙 | 9789867450579 | 352 | 280 |
| 德莫尼克（卷五）海螺島的公爵 | 符文之子2 | 全民熙 | 9789867450692 | 336 | 280 |
| 德莫尼克（卷六）紅霞島的秘密 | 符文之子2 | 全民熙 | 9789866815089 | 368 | 280 |
| 德莫尼克（卷七）躲避者，尋找者 | 符文之子2 | 全民熙 | 9789866815355 | 368 | 299 |
| 德莫尼克（卷八）與影隨行（完） | 符文之子2 | 全民熙 | 即將出版 | | |
| 符文之子 卷一：冬日之劍 | 符文之子1 | 全民熙 | 9789866815133 | 360 | 299 |
| 符文之子 卷二：衝出陷阱，捲入暴風 | 符文之子1 | 全民熙 | 9789866815140 | 320 | 299 |
| 符文之子 卷三：存活者之島 | 符文之子1 | 全民熙 | 9789866815157 | 336 | 299 |
| 符文之子 卷四：不消失的血 | 符文之子1 | 全民熙 | 9789866815164 | 352 | 299 |
| 符文之子 卷五：兩把劍，四個名 | 符文之子1 | 全民熙 | 9789866815171 | 352 | 299 |
| 符文之子 卷六：封印之地的呼喚 | 符文之子1 | 全民熙 | 9789866815188 | 352 | 299 |
| 符文之子 卷七：選擇黎明（完） | 符文之子1 | 全民熙 | 9789866815195 | 432 | 320 |
| 羅德斯島傳說1：亡國的王子 | 羅德斯島傳說 | 水野良 | 9789867450487 | 288 | 240 |
| 羅德斯島傳說2：天空的騎士 | 羅德斯島傳說 | 水野良 | 9789867450555 | 320 | 240 |
| 羅德斯島傳說3：榮光的勇者 | 羅德斯島傳說 | 水野良 | 9789867450586 | 304 | 240 |
| 羅德斯島傳說4：傳說的英雄 | 羅德斯島傳說 | 水野良 | 9789867450654 | 336 | 240 |
| 羅德斯島傳說5：至高神的聖女（完） | 羅德斯島傳說 | 水野良 | 9789867450777 | 272 | 240 |
| 羅德斯島傳說（外傳）：永遠的歸還者 | 羅德斯島傳說 | 水野良 | 9789867450906 | 224 | 200 |
| 羅德斯島戰記1：灰色的魔女 | 羅德斯島戰記 | 水野良 | 9789867929563 | 304 | 269 |
| 羅德斯島戰記2：炎之魔神 | 羅德斯島戰記 | 水野良 | 9789867929570 | 336 | 299 |
| 羅德斯島戰記3：火龍山的魔龍（上） | 羅德斯島戰記 | 水野良 | 9789867929723 | 240 | 210 |
| 羅德斯島戰記4：火龍山的魔龍（下） | 羅德斯島戰記 | 水野良 | 9789867929730 | 296 | 250 |
| 羅德斯島戰記5：王者聖戰 | 羅德斯島戰記 | 水野良 | 9789867450166 | 384 | 330 |
| 羅德斯島戰記6：羅德斯之聖騎士（上） | 羅德斯島戰記 | 水野良 | 9789867450173 | 286 | 260 |
| 羅德斯島戰記7：羅德斯之聖騎士（下）完 | 羅德斯島戰記 | 水野良 | 9789867450180 | 352 | 320 |

＊實際定價以各書版權頁為準

國家圖書館出版品預行編目資料

異世遊／莫仁 著；.——初版.——台北市：
蓋亞文化，2008.08-
冊；公分.

ISBN 978-986-6815-59-1 (第二冊；平裝)

857.83 97010034

悅讀館 RE132

# 異世遊 2

作者／莫仁
封面設計／克里斯
企劃編輯／魔豆工作室
電子信箱◎ thebeans@ms45.hinet.net
出版社／蓋亞文化有限公司
地址◎ 台北市103赤峰街41巷7號1樓
電話◎（02）25585438 傳真◎（02）25585439
網址◎ www.gaeabooks.com.tw
部落格◎ gaeabooks.pixnet.net/blog
電子信箱◎ gaea@gaeabooks.com.tw
投稿信箱◎ editor@gaeabooks.com.tw
郵撥帳號◎ 19769541 戶名：蓋亞文化有限公司
法律顧問／律儀聯合律師事務所
總經銷／聯合發行股份有限公司
地址◎新北市新店區寶橋路235巷6弄6號2樓
電話◎（02）29178022 傳真◎（02）29156275
港澳地區／一代匯集
地址◎九龍旺角塘尾道64號龍駒企業大廈10樓B&D室
電話◎（852）27838102 傳真◎（852）23960050
初版二刷／2011年12月
定價／新台幣 240 元
Printed in Taiwan

GAEA ISBN／978-986-6815-59-1

RE132
GAEA

# 異世遊 2

## 蓋亞文化　讀者迴響

感謝您在茫茫書海中選擇了蓋亞，您的支持是我們最大的動力。
不要缺席喔，讓我們一起乘著夢想的羽翼，穿越時空遨遊天地！

| 姓名： | 性別：□男□女 | 出生日期：　年　月　日 |
|---|---|---|
| 聯絡電話： | 手機： | |
| 學歷：□小學□國中□高中□大學□研究所 | 職業： | |
| E-mail： | | （請正確填寫） |
| 通訊地址：□□□ | | |
| 本書購自：　　縣市　　書店 | | |
| 何處得知本書消息：□逛書店□親友推薦□DM廣告□網路□雜誌報導 | | |
| 是否購買過蓋亞其他書籍：□是，書名： | | □否，首次購買 |
| 購買本書的動機是：□封面很吸引人□書名取得很讚□喜歡作者□價格便宜□其他 | | |
| 是否參加過蓋亞所舉辦的活動：□有，參加過　　場　□無，因爲 | | |
| 喜歡出版社製作什麼樣的贈品：□書卡□文具用品□衣服□作者簽名□海報□無所謂□其他： | | |
| 您對本書的意見：◎內容／□滿意□尚可□待改進　◎編輯／□滿意□尚可□待改進　◎封面設計／□滿意□尚可□待改進　◎定價／□滿意□尚可□待改進 | | |
| 推薦好友，讓他們一起分享出版訊息，享有購書優惠　1.姓名：　e-mail：　2.姓名：　e-mail： | | |
| 其他建議： | | |

◎請沿虛線剪開、對摺、裝訂後寄出

◎請沿虛線剪開、對摺、裝訂後寄出

| 廣告回信 郵資免付 |
| --- |
| 台北郵局登記證 |
| 台北廣字第675號 |

蓋亞文化有限公司　收

103 台北市赤峰街41巷7號1樓